登自己的山

All This Wild Hope

病非如此

一位人类学家的
母女共病絮语

刘绍华 著

GUANGXI NORMAL UNIVERSITY PRESS

广西师范大学出版社

· 桂林 ·

图书在版编目(CIP)数据

病非如此：一位人类学家的母女共病絮语 / 刘绍华
著. -- 桂林：广西师范大学出版社, 2024.7（2024.12重印）
  ISBN 978-7-5598-6957-9

  Ⅰ.①病… Ⅱ.①刘… Ⅲ.①散文集－中国－当代
Ⅳ.①I267

中国国家版本馆CIP数据核字(2024)第098061号

BING FEI RUCI:YIWEI RENLEIXUEJIA DE MUNÜ GONGBING XUYU
病非如此：一位人类学家的母女共病絮语

作　　者：刘绍华
责任编辑：谭宇墨凡
装帧设计：汐和 at compus studio
内文制作：常　亭

广西师范大学出版社出版发行

　广西桂林市五里店路 9 号　邮政编码：541004
　网址：www.bbtpress.com

出版人：黄轩庄
全国新华书店经销
发行热线：010-64284815
北京启航东方印刷有限公司印刷
开本：787mm x 1092mm　1/32
印张：8.25　　　字数：125 千
2024 年 7 月第 1 版　2024 年 12 月第 2 次印刷
定价：52.00 元

如发现印装质量问题，影响阅读，请与出版社发行部门联系调换。

目 录
CONTENTS

序

章

旅程起点

小美

　　雅康健身中心大门紧闭，如常准时来此运动的小美错愕地站在那里，思忖道："平时连假日都开放的，今天怎么了？"顺着心里冒出的大问号，小美到处看了看，但没找着公告，也没见到平日进出热络的健身退休族，这令她有点挫折。

　　就像近来生活中无时不在的困惑一样，小美又默默地吞下了一大早的懊恼，转身离开。健身中心距离住家只有三个公交车站，今天天气不错，阳光煦煦，没做成运动的小美，决定走路回去。

　　二十五年前，小美五十六岁，开始日日早起运动。在此之前，她没有为了休闲而运动过，只有为了生活而不停地劳动。

　　那是 1998 年，小美的幺女半哄半骗地，带着母亲走进新潮的亚力山大健康休闲俱乐部。那时，小美仍未从六年前丈夫离世的伤痛哀怨中走出来，也才从七年前罹患乳腺癌的身心折腾中缓慢休整，没想到幺女又竟然决定放弃香港《明报》驻台记者的好工作，前往陌生危险的柬埔寨参与国际发展。那是一个小美从未听闻的国度，以为名字看起来就很偏僻落后，小美疑惑国际发展到底算哪门子工作？

小美总觉得幺女像一只风筝，小时候和她很亲密，上中学后离她愈来愈远，此时不知又要飞到哪里。小美只能手里紧紧抓着另一端的线头，生怕断了线，女儿就不见了。她不知这只风筝何时才会飞累了，落地，回到她身边。想到这，小美经常泪眼婆娑地看着幺女，希望她不要远行。女儿不知所措，在朋友的建议下用掉个把月的薪水帮母亲加入亚力山大。

一开始，小美不肯去亚力山大，也不敢去。女儿深谙母亲的俭省情结，便告诉她入会费和年费已签约缴交，无法退还。小美才如刘姥姥进大观园一般，从此爱上健身中心，迅速蜕变成游泳和瑜伽达人，交友亲密。半年后女儿从柬埔寨返台探望，哥哥去机场接她时开玩笑地汇报母亲近况："你娘变成女同志了！"

小美人生大转弯。

健身中心里像小美一样甚至比小美年长的女性愈来愈多，同龄男性明显较少，婆婆妈妈们一起运动、玩乐、轮流请客聚餐。一向节俭也不肯儿女花费的小美，竟然开心吆喝着十几位阿姨大妈让幺女请客吃饭，还要大家随意尽兴点餐，令小女儿大开眼界，觉得那一两个月薪水缴给健身中心的投资报酬率简直就像火箭升天。

　　只是终究，岁月不留人，二十几年过去，小美的同伴渐渐凋零，像她这样还去健身中心的八旬老人很少见了，而她固定运动的时间也随着年纪递减。

　　近十年来小美也很少走路往返健身中心，除了节省体力的考量外，老人搭公交车有敬老卡，不搭白不搭，像小美这样盘算的阿公阿嬷很多。他们是创造台湾经济奇迹的一代，是奠定台湾健保[1]的一代，但他们之中的多数人却是到了退休乃至晚年时，才开始学习善待自己，享受福利。

　　这一天，在健身中心吃了闭门羹，返家路上，小美心里一直冒出问号：“今天真是奇怪。”早上刚过八点，路上不像平常一样繁忙，车子不多，偶尔有人走路，“今天是星期六还是星期天？”可是，健身中心周末不开放也没道理。总

1　即“全民健康保险”，于1995年正式实施。本书脚注无特殊说明均为编者注。

之，小美看不出来今天究竟是星期几。

小美穿着赭红色的羽绒外套走了三个公交车站的距离，流了点汗，爬上楼梯开门进入位于三楼的家。屋里很安静，就像寻常日子一样，孩子们出门上班上学，留她一人在家，孤零零的。

每次遇到时间的困惑，小美就盯着墙上的月历和日历仔细瞧，想从中找出一点时间的蛛丝马迹。一进门，小美惯常地走近挂着日历的那面墙。

"大年初一"，日历写着。小美又走去看另一面墙上的月历，翻开的这一页上确实也有"春节"，大红字。

"原来今天过年啊！"小美才知自己忘记了。孩子们还在为除夕守岁的玩乐补眠。

这座城市，宛如小美一样，也忘记今天过年了。没有鞭炮声，没有一地的红色鞭炮屑，没有节庆音乐穿透大街小巷，没有路人相逢便道恭喜，没有张灯结彩的隆重仪式感，没有亲戚早起拜年的人情味。小美熟悉的亲朋好友多已离去，晚辈们已不时兴初一早起给长辈拜年。

啊，关于春节的记忆仿佛已从这个城市的脑中兀自消失，如同时间感也莫名地从小美的脑中移除了。

小美也不记得，这并不是她第一次忘记春节。前些年，

2019年春节前，跟往年一样，小美在厨房里忙得团团转，独自操持满桌大菜让她又累又忙而脾气不好，孩子们总躲得远远的，免得自找麻烦。长年来，除夕那天是没有午饭可吃的，肚子饿的人自行解决。直到孙子出生后，小美才勉力端出除夕午餐。只是，2019年这一天儿女媳妇们有点困惑，窃窃私语："今年这么早就开始准备年夜饭，是因为妈做菜的速度变慢了吗？"但大家依然不敢发问，面面相觑，在一旁偷笑。

快中午了，小美突然从厨房里冒出来叱喝："你们在干什么？要拜了，桌子还不拿出来？"

一阵混乱后，大家才发现小美把小年夜当成除夕夜了。小美看着日历，很懊恼，默默地没说话。2019年的春节，一家人将错就错地提前一天吃了年夜饭，成为小美病后的经典笑话之一。

小美忘事搞出来的飞机[1]，在家中造成的气氛，从最初的困惑、紧张、不安，逐渐掺和了笑闹、随兴、开怀。小美对于他人如何看待或谈论自己的迷惘举措，也从非常敏感的反应，转变为渐渐接受了失忆忘事的现实。小美逐渐对人生举

---

[1] 搞飞机，为南方方言，多指他人做错事、惹麻烦。

手投降，不再掌厨。

2021 年的春节，因为疫情之故，一家人实验性地吃起外带年夜饭，只是，儿孙的味蕾都被小美惯坏了，口味不对。2022 年起，嫁入小美家二十二年的媳妇，终于接棒锅铲，在大姑的协助下筹备年夜饭，小美终于让出她既劳心负重又霸气主掌了一辈子的厨房领地。小美声名在外的高明厨艺，正式走入历史，但活在所有家人和众多亲友的舌尖记忆之上。

小华

英语有句俗谚："好奇心杀死一只猫。"小华常说自己就是那只九命猫。她对这个世界充满好奇，上山下海各地跑。欢乐有趣的事暂且不提，小华见识过的恐怖世面真不少：跑过华航空难新闻、上过保钓号采访渔船、在柬埔寨等贫穷国度做过国际发展、在尼泊尔陷入武装暴动烽火之中、深入四川山区的毒品与艾滋病重灾区、拜访过中国各地的艰苦麻风村。总之，她看过形形色色的不平、不美与不善。朋友都说小华俨然无所畏惧，但小华认为自己只是神经粗，不懂得怕，更有可能是过度的好奇心压过了恐惧感。

可是，这天小华失去了胆子，受到惊吓晕倒在地。吓她的是位医师。

小华感到不舒服一两年了，近半年也久咳不愈。她一向感到身体不对劲就会去看医生，但这段时间以来她陆续看了不同的科别，都没有找出问题症结，甚至还曾有医师怀疑地询问小华的不舒服是不是"主观感受"。但小华自知并非刻意忽略，亦非无端臆想身体不适的人。

自二十多岁有了第一份正式的媒体工作起，小华就为自己买了医疗保险。她自忖既然父母都生过病，自己便应当多留意，买保险是预防万一生病了给家人带来过重的负担。她就在这样反复追索身体不适原因的过程中，在一次定期的计算机断层成像（CT）追踪检查时发现阴影，被转诊胸腔外科。从来就自立自强的小华，仍然独自去医院听候命运审判。

这一天，小华进入诊间坐下来，医师就开始噼里啪啦："我看淋巴瘤的可能性比较大，要开刀取检体化验。……长得好快啊，去年照的时候还没有，是干净的。喔，长得好快啊。"

听到"淋巴"两字，小华很震惊。小华二十四岁那年，父亲胃癌恶化淋巴转移过世，从此小华便对淋巴产生快速把人带走的刻板印象。她不知道的是，实体瘤转移淋巴和血液恶性疾病中的淋巴瘤，不是同一回事，通常前者表示很严重了，而后者的治愈率高。但此时仍不认识淋巴瘤的小华闻之色变，她想起父亲离开得太快了。

医师仍自顾自地说着，小华无法专心，努力稳住自己，慢慢吐出话："医生，不好意思，我有点晕，你可以说慢一点吗？"

"你头晕……"医生正回话时，小华便从椅子上跌落，晕了过去。

人声依稀从远处传来，模糊不清，小华张开眼，白色墙面和天花板的线条都不是垂直或水平的，像坐在侧飞的机体上会看到的那种斜杠地平线。小华正困惑自己在哪里，突然又听见那个医师说话："啊，你吓死我了，我还没有在诊间碰过这种事！你会晕倒，你的心脏科医师是哪个？我要跟他说。你吓死我了！"小华才知道原来自己躺在地上，正欲起身时，医师大喊："你不要动！"此时她才看见医师仍安坐椅上，居高临下地瞅着她。

小华恢复了往常的镇定，心里正嘀咕着："病人都昏倒了，你这个医生连移驾来看一下都没有，只会大叫，太糟糕了吧？"护理师突然拿来一个枕头要小华靠着休息，小华细声问她："我晕了多久？"护理师回说十五秒。小华脑子继续转动，想知道自己发生了什么事。

她只记得，那位医师一直说："长得好快、长得好快……"她便想到事母至孝的父亲临终前难以言喻的痛，让婆婆白发人送黑发人，然后母亲闪过小华脑子，之后，小华就不记得了。

护理师送小华离开诊间，在候诊室椅子上坐着，倒了一杯温水给小华，低声安慰，也像表达对医师的不满："他说没见过病人昏倒？我有见过几次。"

护理师坚持小华要联系亲友来接送才能离开。小华向护理师道谢，感谢她的温暖照顾，答应她会遵照要求。

小华坐着静静地喝完水，正模模糊糊地似想非想时，手机响了，是台北荣民总医院好几任以前的老院长彭芳谷教授来电，他是小华二十多年的忘年之交。八十八岁的老院长问小华医师怎么说，小华告诉他自己刚才晕倒了。

彭教授的反应是："你的胆子那么大，什么场面没见过，怎么还会晕倒呢？"

小华把自己对淋巴、父亲、母亲的联想告诉他，老教授说："啊，你那是害怕继续想下去的自我保护机制，没事的。"小华请老教授放心，说朋友一会儿就来接她。

其实，小华尚未联系任何人。长年以来，身为老幺的小华过得自由自在，没有婚育负担，工作良好稳定。相比于兄姊的庞大压力，小华总有心理准备自己可能是家里的最后支柱。她万万没想到，自己一向努力不给家人添麻烦，尽力稳住自己期许以为家人后盾，却居然在家中出状况时，捅出了这等大事。她觉得忧虑愧疚，不知如何面对母亲和家人。不过几天前，母亲才被确诊罹患初期阿尔茨海默病（Alzheimer's disease）。更早之前，哥哥身体不适，心脏装上支架。想到这里，小华觉得说不出口，她怕把母亲惊吓到立刻恶化，也怕让哥哥血压破表。

小华打电话给一向信赖的点点，她是细心却不啰唆的好朋友，但几次电话都拨不通。思虑杂沓而至，小华心想："要找谁呢？"她觉得当下要把事情说清楚很费力，说话不是她此刻想做的事。此时，小华被自己的人设困住了：一向报喜不报忧，习于协助照顾他人，却还没学会示弱的美德和被照顾的艺术。好多名字浮上念头，又一一沉下。

小华突然想到老师："一定得跟他说。"下个月就要举办的两岸学术营队，她显然去不成了，得尽快跟他交代。

深呼吸一口气，小华拨了电话，接通了，她话说得气虚："老师，我生病了，不能去内蒙古了。"老师认识的小华从来都是活力饱满，说话直截了当，没见过她如此虚弱微渺。问清楚状况后，老师要小华别离开医院，他立刻过来接她。挂上电话，小华低头长吁，眼泪掉落在裤管上，她伸手擦拭，泪渍却愈抹愈深愈宽，大腿也感受到了湿凉。

见到面时，老师脸色凝重，好在没有连珠炮似的追问，小华松了一口气。眼下，她只想当个不说话的傻子，随波逐流。

老师问小华要去哪里？看着户外高照的艳阳，人潮熙来攘往，浮世如常，小华脱口而出："我想去动物园。"

老师愣住了，"动物园？"

小华不由得想要弥补自己，"我一直想去动物园，都没时间去"。

端直温让的老师没再说什么，领着小华搭上出租车，首次踏入台北市立动物园。盛夏的烈日下，汗流浃背，朝着长臂猿吼声的方向，两个人类学家走进新世界。

小美是我父亲唤我母亲的小名，小华是我父母叫我的小名。2018年7月，母亲和我接连确认罹患"世纪之症"，母亲诊断为阿尔茨海默病初期，而我得了癌症，只是一个月后，才确诊为淋巴癌一期。

母亲与我同时生病，对于家人的打击重大，照护人手严重不足，家中混乱了一段相当长的时间，各种情感情绪，正面的、负面的、深沉的、突发的、莫名的、主动的，全都冒了出来；生病的人不好过，没生病的人也不好过。

然而，数年间，后续的发展则是，各种没想过的生命经验，正面的、负面的、坚固的、新生的、美妙的、创造的，也都一一发生；没生病的人很惊奇，生病的人更惊奇。

不论生病或康复，变坏或变好，都不是跨过一条界线那么简单的事，而是得经历一段来回反复的灰色地带。但是，大部分的人不明白这个事实，因而对疾病和病人有很多误解，或者，知易行难。生病与康复都是一趟旅程，只有走过才知道风景微妙，不管是否喜欢。

母亲的病征陆续出现时，她很恐慌不安，经常掩饰否认自己的不对劲，仿佛藏着掖着就可当它不存在了。我非常理解母亲的恐慌，甚至相信她一定比我生病时还要无助。我与母亲的情况则大不同，我仿佛以为所有的身体不对劲都可能与我罹患的疾病有关，一一主动告诉医师，尽管医师从没要我交代什么。

母亲和我的反应异同，都与我们各自的疾病属性有关。

虽然我们罹患的都是所谓的世纪之症，但癌症可能治愈康复或成为慢性病，我有理由对治疗充满希望，相信这段疾病旅程只是暂时性的苦痛。然而，挑战母亲的是与老化密切相关的脑部退化性疾病，她不会好起来了，这无疑是一种看不见希望的下坠状态。我能体会到母亲是这样感受的。

我虽然与母亲的处境不同，但生命都曾被打趴在地的交集经历，让我对母亲的不安感同身受。

五年过去，我早已好转，恢复健康活力；母亲则进入疾病的中后期阶段。我们生命共同下坠的交会已然过渡。我的身体变好了，母亲的脑部却更退化了。

唯一堪为安慰的是，尽管母亲的状况恶化，但就心情而言，随着记忆的包袱不断破洞，母亲仿佛进入一个愈来愈自由任性的状态。如今的母亲比较释然、放松、可爱，经常有如返老还童般天真快乐。母亲甚至遗忘了我生病的事，不过仍依稀留存着我身体不好需要有人照顾的印象，可见此事对她的冲击至深，已然刻入脑海。

现在的母亲就像个老小孩，由儿孙媳妇团团围住照顾。因着她的变化，家人的关系好转，轻松协调合作，也较能应付母亲偶尔出现的失控状况。而经历过生死思索的我，也能用更为贴近病人的方式理解母亲并与她相处。

我想记录自己和母亲的这段生命旅程，尽管片段，但求志念。记录是为了母亲、为了我自己，当然也是为了我的家人，里面有他们已知的故事，也有他们不曾知晓的病人心声。

而我毕竟身为医疗人类学者，也希望这样的疾病与康复叙事，有助于其他的病人亲友理解病中之人，并与之平和相处。

此书副标题所说的"母女共病"，指的便是我与母亲先后确诊、家人同时面临两种重大疾病照护的处境。

在一般的医疗意义上，"共病"（comorbidity）其实意指为合并症，即与原发疾病同时存在或伴随病发的一种或多种疾病，包括生理的和心理的疾病。此书描述的我和母亲的"共病"，虽非专业上的意义，但两种世纪之症风暴同时降临，对于一个家庭而言，在情绪、关系、照护等压力和负担上，实际上也俨然一个家庭生命共同体承受的身心疾病合并症。

所以，书中所称的"家人"便是集体性称呼，可能是包含我在内的部分或所有家庭成员。两种世纪之症同时发生在一个家庭之中，对于家人的冲击着实很大，尤其是对得费力承担关怀照护的成员而言。面对疾病时难免出现的手足无措和误解、不经意的伤害或未接上线的关心等情况，具有普遍的家庭共性。因此，我以为无须特别指涉。除特定情境外，我多以集体称呼表达寻常情境或共同承担。

母亲罹患的阿尔茨海默病，是一种常见的"失智症"（dementia）。失智症指的并非单一疾病，而是综合征。这个中文名称有时为人诟病，认为字面意义指涉病人失去智力或智慧，但其实病人受损的是认知能力，所以被视为有污名化之虞。我从母亲在诊断后就对"失智"两字很敏感的反应得知，这个用语的确可能让病人和家属感到不舒服。

然而，"失智症"一词在台湾出现，却曾经是进步的译名，是二十世纪末，从之前更具明显污名性的"老人痴呆症"修改过来的用语。近年来，台湾仍常再度出现更名呼吁，主要的改变动机是担心病人因"失智"被污名化而不愿就医诊断，或"失智"造成家属对于认知性疾病的负面态度。

最常听闻的建议是将之改为"认知症"，比照日本于二十一世纪初的更名"认知症"，香港继日本之后更名为"认知障碍症"。其实，dementia 一词在英语语境中也有污名争议，因此不难理解此疾病概念在各地转译中激起的诸多讨论与反思。

我虽然也不喜欢"失智症"一词，但在本书中，当指涉广义疾病名称或相关部门的服务政策用语时，基于当前的用语事实仍称之为"失智症"，其余时候，多以失忆、认知功能障碍或认知疾病等描述性说法来指涉。

不过，尽管如此，我毫不否认既有用语下的努力，也明白要变更已沿用二十多年的疾病名称涉及的高度复杂性。只是，仍私心期待此认知性疾病综合征能有更合适的名称。既然此疾攸关社会如何理解大脑认知，那么，通过名词的变更以改变社会认知，有其道理。

如同，今日的我们已甚少再称癌症为"绝症"；尽管"闻癌色变"仍是常态，但那表达的可能多是对重症的忧心，并不一定是固着的态度。

重大疾病，无论叫作什么名字，都是个人、家庭与社会的难题，但无论社会是冷漠视之或友善以对，首当其冲的仍是个人与家庭。只是，他们的过关挑战能否顺利，社会安全网的密度与耐性如何，真是关键因素。

关于母亲、我自己的人生，甚至所有人的未来，无人知道风暴何时会再来临，但明了它总是存在于前方某处，毕竟那是生命的必然。不过，只要太阳当空在微笑，家人都尽力把握和母亲相处的时时刻刻，而我也尽力在期许放眼未来之际勿忘享受当下。

这本书，就是记录了我回望母亲与我既各自经历，又一同走过的重病旅程，包含了过去与现在，更怀有我们对于前景的心态与期盼。

沉舟侧畔千帆过，病树前头万木春。[1]

1　引自唐朝诗人刘禹锡回赠白居易的诗作，《酬乐天扬州初逢席上见赠》。此为作者注。

第一章

跨越边界

"来，跟着我喊，一、二、三、四……要呼吸喔，喊出来就不会忘记呼吸喔。"青春教练带着大家跳活力有氧，这是小美喜欢的课程。

　　小美是健身中心里这节课的"元老"，不只参与得最久，也是年纪最长的学员。小美动作敏捷，活力十足，都能跟上快速变化的节奏，教练时常公开称赞她，偶尔还用小美的手机录下她的表现，让小美拿给家人看，儿孙们都鼓掌叫好。

　　但是，小美今天觉得不对劲。刚才那个麻花步后的Pony跳，小美突然觉得有点晕，她又试了一下还是觉得不稳，不敢再跳了，惯性地原地踏步。教练和同学继续奋力跳，小美站在一群不停摇摆的身体中，显得突兀。奇怪的感受突然来袭，令小美觉得挫折，甚至感到威胁，那些快速晃动的手臂看得她头昏眼花，一向喜欢的动感音乐也变成令人心烦的噪声。小美默默地离开队伍，教练跟她招手，她也没看见，兀自低头思忖："今天的课没法上了。"心事重重地走向淋浴间。

几天后，疫情又起，再度封锁，健身中心又去不成了。小美独自在家闷得慌，常忘了健身中心关门又跑去，吃了闭门羹才无功而返。家人找来长照居服员，小美还是往外跑。熬了两个月后才又解封，小美重返健身中心时，觉得体力下降了，很多课程都让她感到吃力，但她还是固定一早就到健身中心报到。只有周末孩子们在家时，小美才愿意待在屋里。

2020年的父亲节正好是星期六，为刺激经济而发放的"动滋券"本周开始使用，小美开开心心地跟着家人到迪卡侬逛街采购。小美最喜欢儿子和孙子陪伴出门了，他们总能逗得她笑嘻嘻。

店里人山人海，孙子们去看他们喜欢的运动用品，小华帮小美挑选运动衣。试穿的队伍排得好长好长，小美开始不耐烦，跟小华说不要试了。小华又挑选了不用试穿的运动袜，没想到结账的队伍更长，小美更不耐烦了。

庞杂的人潮噪声让占地不小的空间也显得拥挤不堪，小美觉得烦躁，脸色变得黯沉。家人对小美的反应很敏感，决定尽快离开卖场。

小美的儿子去开车，小华牵着母亲的手等在一旁。

突然，小美皱着眉头，欲哭无泪的样子，转向小华："我现在好讨厌自己！"

小美作势敲头。"我的脑子里好像有什么东西隔住了，什么东西都变得模模糊糊的。"小美的声音宛如泣诉。"我现在走路也觉得晕晕的，我怕跌倒。"

小华问母亲："你觉得晕晕的，那你在健身房还可以运动吗？"

小美显得无奈："跳得比较激烈的我现在不敢做了，我就做瑜伽，慢的。"

看着小美忧心难过的样子，小华一时无言，搂着母亲瘦小的肩膀，想着："意识到自己的脑子正在出乱子，却完全无法知道是怎么回事、将走向何方，一定是件很可怕的事。"

变化来得不像雷阵雨一样，而是如同梅雨般，水汽缓缓弥漫渗透，即使不舒服的感觉已有段时日，却直至墙壁掉漆，症状才具象地引人警觉。

2017年4月，母亲参加里办旅游团从武陵农场回来后，出现嗜睡情形，从白天睡到晚上，都没起身观看她最喜欢的八点档连续剧，习惯的变动引起家人注意。三天后，身体一向挺直健朗的母亲起床后站不稳，走路明显偏斜。母亲被送入急诊后住院，诊断为"谵妄"（delirium）。

谵妄是一种急性脑综合征，常见的症状包括记忆力变差、失去方向感、语无伦次、焦躁、时空错置、视听幻觉等。民间对此常有"被附身"之说，或误以为精神疾病发作，因而令旁人害怕。这些症状经过治疗后，可能在数小时至数日内逐渐消失。至于诱发谵妄的原因，可能是高龄、疾病、感染、药物交互反应、电解质不平衡等。失智症患者是此症常见的高风险人群。

谵妄发作隔日下午，母亲从昏睡中醒来，眼神迷离，虚弱地说："红线。三刻钟。"并伸出左手，拇指点着中指和小指的掌指关节处。我以为母亲做梦呓语，不以为意，安抚她一下，她又睡去。几分钟后母亲再度醒来，重复说着同样的话，做着同样的动作，问我："红线呢？只剩两刻钟了。"这不像是随机呓语了，时限的说法让我慎重以待。

母亲虚弱但明确地说给我听：观音菩萨告诉她，要她在三刻钟内，在左手的中指和小指上绕红丝线，她就可以过这一关，不然就过不了关。

听到这里，我哪管得上虚实真假、信或不信，立刻打电话嘱咐家人。家中没有红丝线，家人紧急分头去找，全力合作赶在母亲说的时限前送到医院。

母亲一再勉强睁眼询问催促，她的焦急让我坐立不安。我走去护理台，询问有无红色橡皮筋，我强调"要红色的"。护理师找了两条给我，一个字都没有问，不禁令我思索："是不是他们明白病房里的各种奇怪反应，早已见怪不怪？"

我把橡皮筋绕上母亲的指头，安慰母亲先以此暂代，家人很快就会拿红丝线过来。母亲点点头，又无力地闭上眼睛。

时间毫不留情地滴答流失。母亲口中仅剩的两刻钟，也就是三十分钟，就快要到了。终于，母亲的长孙气喘吁吁地冲入病房："奶奶，红线来了!"热爱体育的高中生以冠军速度一路跑来医院，因为觉得等车太慢了。

终于系上了红丝线，母亲吃力地坐起身，朝向床尾双手合十念念有词、叩拜再三。她说感谢站在那里的白衣观音，然后安心地躺下睡觉。

母亲住院当天正巧是哥的生日，虽已近午夜，哥仍决定在母亲病房吹蜡烛许愿，祈求母亲早日康复，给母亲"冲喜"。母亲手里紧握着红丝线仍在睡觉，家人移到隔壁的休息室点蜡烛切蛋糕，哥拿着一片蛋糕前去放在母亲床头，却突然从母亲病房奔出，低声急切地向家人喊着："你们快来看妈!"家人放下蛋糕，齐步快跑入病房，一伙人傻眼：母亲正在病床上做瑜伽，劈腿伸展。母亲看到我们很高兴，如寻常般地玩笑调侃，不知道自己为何人在医院。

母亲就这样戏剧性地恢复了。

* * *

谵妄事件过后，家人认识到母亲正在退化，也明白母亲可能还会陆续出状况，但对于母亲每一回的不对劲是老化健忘或失智症反应，并无明确想法，也难以究问；在忙碌焦虑的生活中，还在断断续续地勉力辨识母亲的新状况，也仍未真正改变理解和对待母亲的方式。因为，生活本就充满压力，而母亲虽已身陷内在改变的风暴之中，外观上却不一定看得出来，母亲也正费力地想要维持原来的生活与姿态。所有人都仍然期待生活能维持不变。

但现实是，生命总是一直在变，日常生活更是难免。

之后一年多的时间，母亲的状况愈来愈多，家人才终于面对母亲可能是失智症的问题，带她去看神经内科，所幸母亲也明白自己不对劲，并未抗拒去医院。听闻不少生病的长者不愿去医院。母亲的配合或许跟她经常让家人带着去看不同的科别也有关，她可能分不清楚这次要看哪一科。

2018 年 7 月，做了很多检测后，母亲确诊阿尔茨海默病初期。家人对于母亲的诸多状况终于有了一个医学解释。原来母亲那些令人不安的言行反应都是失智症的问题：煮饭愈来愈咸，因为会重复加盐；刚洗完米，生米才入锅就又在找米；一再重复买菜，把冰箱塞到爆，食物经常过期发臭；要倒水吃药，走到饮水机前就忘了自己要干吗；在药盒里看见昨天忘记吃的药，就一口气连吃两天剂量；忘了吃药怕被叨念，便把药装在塑料袋里藏进衣橱；常抱怨哪名亲友跟她说了奇怪的话，令人伤心生气；经常在找东西，咒骂谁谁谁又偷进她的房间拿走东西；为了不想东西再被偷走，费尽心思地藏起来。之后家人会在某个盒子、柜子、抽屉、墙面、浴室、厨房的不同角落，发现食品、现金、剪刀、首饰、杯碗，甚至一堆卫生纸，琳琅满目，全是母亲藏起来后就自己忘记的东西。翻出来的物品和藏匿的角落，经常匪夷所思。

不过，母亲被发现藏东西的地方，全在她认定的自我地盘之内：她的套房和厨房。这显示母亲的认知能力虽已开始陷入混乱，但仍有相对的逻辑性，这也是家人尝试理解她每个行为动机与当下主观时空脉络时的索引。

尽管疾病的名词贴在母亲身上了，母亲的身体仍然大致健朗，依旧每日去健身中心运动，继续买菜替全家人煮饭。她看似不承认自己生病或想将此事搁置，坚持按照习惯过日子。母亲脑子不好但筋骨好，行动力强，家人管不住，只得任她维持自主习惯。

毕竟生活总得继续。且对于经历了一辈子人情世故的长者来说，不想看人脸色过日子，拥有尊严与自由，并延续她"照顾全家"的角色功能，真是太重要了。

❋　❋　❋

　　母亲已然发现脑子不对劲，但仍努力自主生活，想到女儿即将经历化疗的艰难，甚至想要来我的养病住处亲自照顾我。

　　我开刀检验后返家，母亲大老远地跑去买鸡，要煮鸡汤给我补身子。母亲喜欢去不同的市场采买各式好食材，在台北的果菜市场、永和的传统市场、家附近的黄昏市场，她都有偏好的摊商和讲究。看着母亲在溽暑天里拎着大包小包的肉菜进门，在厨房忙进忙出，我嗫嚅地跟母亲忏悔："妈，对不起，我都这么大了，还让你担心。"

　　母亲没有看我，始终埋头理菜。静默了好一会儿母亲才说话，但仍未抬头看我，似乎努力稳住微颤的声音："有你这个女儿我很高兴啊，从小就乖、懂事，又会念书，都不用我伤脑筋。"母亲停顿一会儿继续说："还会赚钱。"

　　我没料到，已经生病的母亲会跟我说出这般温暖的内心话。母亲的话令我安心，甚至喜感浮现。原来，"会赚钱"是母亲看我的优点啊，这我可从来没想到。喝着母亲的鸡汤，身心都疗愈了。

　　母亲从厨房出来又补上一句，让我眼泪夺眶而出，她说："妈妈可以，你也可以的。"

三十二年前，母亲五十岁时罹患乳腺癌，走过完整的化疗期程。当年台湾还没有全民健保，化疗的标准做法就是直接注射，造成药物注入身体的那截血管受伤，即使癌症康复后也会留下后遗症，病人的一只手臂血管从此失去弹性而无法测量血压。当时也缺乏减缓化疗不适的方法，治疗的副作用更大。进入健保时代后，普遍的做法是在化疗前先动个小手术装入一截静脉导管，等化疗结束后再取出，以保护血管、防止受损。也就是说，当年要从癌症治疗中顺利康复，和医药更加发达的今日真不是同一回事。但是，母亲坚毅地挺过来了，而且活得更为健朗。

冥冥之中，我也是五十岁罹癌，母亲仅用简单的一句话，便以她自身为例帮我打气。即使自己生病了，母鸡仍企图引领小鸡前行。

母亲确诊阿尔茨海默病前，有回我闹着要她煮道我想吃的菜肴，她突然面有难色，说出令我印象深刻的话："你现在认识的妈妈，不是以前那个妈妈了。"母亲这是在要求我了解她，还是她也正困惑于辨识那时显得陌生的自己，并与过往的自己道别？

母亲并非不明白自己的变化，但当我生病时，她仍想尝试帮助女儿。

治疗期间，有一阵子我乏人照顾。因为化疗之故免疫力降低，大家庭的病菌传染环境风险很高，我因而无法与家人同住。我曾一时找不到人手帮忙煮饭，令母亲非常忧心。我向来不敢碰触生肉，年轻时曾因此吃素七年，至今即使可以吃荤也依然只会烹煮素食。但是，正在接受化疗的病人，亟需大量优质蛋白质。母亲要求哥带她来看我，并说要留下来照顾我。看着焦虑的母亲，我想哭却哭不出来。

成年后，我与母亲之间最有默契的联结形式，就是母亲的食物。每当我离家在外工作或求学时，返家前我总是先打电话向母亲点好菜单，而母亲也总是以食物呼唤我回家。曾经有过那么一次，我与母亲争执后负气不回家，两个月后家人传来母亲的话，也只是简单的一句："我今晚要煮蚵仔面线。"我就像接到了通关密语，摸摸鼻子放心地回家了。

病中的我多么希望拥有母亲的照顾啊。但母亲并不熟悉我安顿休养的住处环境，我怎么能够让初罹失智症的母亲为了照顾我而搬来与我同住，陌生的环境会让她的病症更为恶化。看着坐在面前身形比我还娇小的母亲，听她一再表达要留下来照顾我的话，我决绝地跟母亲摇头，要她放心，诓称我可以照顾自己。仍然，母亲几乎要求我了。

那一刻，我深刻感受何谓为母则强。脆弱的母亲不顾自身，仍想照顾脆弱的孩子。只是，年事已高的母亲要引领我走出疾病困境，其实她得以力行心愿的时间并不多了。

我和母亲的疾病历程很不同。我的病程主要分为两个时期：六个月的治疗期间，身心脆弱；治疗一旦完成，进入康复期即生机处处，宛若"新"人，治愈在望。而母亲的病程则是可预期的逐渐走下坡，若能不快速恶化，已是最佳状态。

＊　＊　＊

细细回想，这些年来，母亲其实断断续续地表达她自己的变化，其中不乏已是失智症的病征。有些变化家人抓住了，有些则并未领会。

失智症初期，母亲否认生病，可能并非真的缺乏病识感，而是不想在自身懊恼迷惘之际还要费力理会医嘱和家人的叮咛，更不想从一个可以全然自主决策、行动的成年人，变回像小孩般令人担心、要被人管的状态。

母亲其实早已观察到自己的变化，深入且细微。只是，就像很多病人在诊断之前都可能刻意忽略变化一样，不论是为了自我安慰还是暗自祈祷，母亲也多把困惑与恐惧吞下肚，企图掩饰，渴望继续自主生活、运动逛街、照顾儿孙的胃口、享受大千世界。体内活力生机依然旺盛的母亲，仍想奋力站稳脚步，仍期待明天会变好。

然而，尽管母亲的自我人设犹在，在家人面前却已几近崩塌。

母亲确诊后，长达两年左右的时间堪称混乱的摸索期。这段时间，母亲出状况的时候愈来愈频繁，带出门的钥匙、钱包、帽子、衣服、雨伞等经常弄丢，事后多认定是别人偷了她的东西。家人担心母亲走失，试过各种方式：戴手环项链、追踪器、手机定位，完全无用。母亲依然聪明甚至狡猾，很会摆脱控制，俨然不肯就范。

那段时间，母亲的状况就像颗不定时炸弹，时不时莫名炸得家人血压飙高、火冒三丈，原本平静无波的居家日常，也可能瞬间变成高压锅。

当母亲的病征愈来愈明显时，COVID-19 的风险也兵临城下。2020 年的疫情风暴中，白天独自在家的母亲仍照常自行出门，令人更为担心。家人精疲力竭之际，终于想到必须为母亲申请"长照 2.0"[1] 的服务，让专业的协助出手了。

1　即台湾自 2017 年起推动的"长期照顾十年计划 2.0"，为回应失能、失智人口增加产生的需求，提供从支持家庭、居家、社区到住宿式照顾的多元连续服务，建立以社区为基础的长照服务体系。

听闻有些家庭欲申请长照服务，会遭遇长者的强烈抗拒。所幸，家人帮母亲申请时，虽然也花费不少口舌，但还算顺利，并未瞒着母亲进行，而是一再跟她说明沟通并获得同意。

家人先打电话专线"1966"求助，对方听到母亲已有医院的阿尔茨海默病确诊证明后，区公所立刻安排会谈时间，来到家中评估母亲的状况。家访那天，家人连哄带骗地跟母亲说："这是政府提供的免费服务，不一定一直都有资源，所以我们要先排上号码才行。排上后不想要也可以不使用服务，但此时不排，以后预算用完就没机会了。"由于母亲自己也意识到记忆力出了状况，家人的说辞亦能打动母亲，所以，当长期照顾管理中心的照管专员来到家里时，已经沟通过的母亲基于来者是客的礼节，被问了相当多的问题，都有问必答，还一一表演她能做到的动作，配合地完成评估。

但是，该为母亲安排哪一种长照服务呢？

家人考量到母亲仍想去健身，也不习惯整个白天都离开家，更不认为自己虚弱到要人照顾的程度，所以并未选择长时段在外的"日间照顾"（简称"日照"），而选择短时数到宅的"居家服务"安全看视。几天后，家人收到公文正式通知申请核准，母亲虽尚未失能，但已有低至中度失智症，补助额度为四级。之后，居家服务提供单位的督导，带着一位居服员前来拜访母亲。

即使只是"安全看视服务"，也得家人连哄带骗，才终于说服母亲接受一周三次、每次三小时的陪伴。

安全看视是母亲能接受"照顾／约束"的上限。在失智症患者常见的心理需求中，像是维持自我认同、惦记原本的专长或职业、渴望与外界联结的感觉等，母亲也都有明显的类似反应。自己出门走走，尤其去健身中心，对于母亲自觉还能随兴生活、融入喜欢且擅长的运动、维护自我认同与尊严，仍然十分重要。

因此，母亲尽管接受了短时数的长照服务，仍经常让居服员蔡小姐上门时扑个空。家人在桌上、门上、酒柜上各处张贴大字报，提醒母亲何时谁要来。初始有效，没多久母亲就视而不见，忘记叮咛，随心所欲地出门，去运动公园、去市场、去土地公庙。有时蔡小姐会在路上"捡到"母亲，然后母亲就一脸抱歉，直说忘了她要来。相处一段时间后，蔡小姐都知道在哪里可能寻着母亲了。

母亲渐渐喜欢上居服员的陪伴，她陪着母亲散步、聊天、唱歌、看电视、去上课程。但每次蔡小姐离开后，短期记忆已然受损的母亲，立刻就忘了相处时的快乐，又回到不想跟"陌生人"在一起的抗拒情绪。

随着母亲的状况愈趋明显，要让居服员来陪伴变得更为困难，后来便改由大嫂白天在家陪伴母亲。曾经，家人为了让大嫂有照顾喘息时间，又尝试申请每周一次的居服员陪伴。

再度，与第一位居服员初见面时，母亲非常欢喜开心，相处融洽。家人正高兴于留她们两人独处似乎没问题时，没想到两个小时后，母亲突然跑到家人房间询问："你为什么要让陌生人进来我们家？快点叫她走。你看我跟她聊这么久，就是在探她怎么会在我们家。快点叫她走……"隔周，母亲甚至坚持居服员不离开她就不肯睡午觉。

后来又换了一位居服员，同样地，母亲想了解她来家里的目的。母亲的反应显示出，她对陌生人在家感到不安，想守护家庭，忙于"打探军情"而难以放轻松。家人只好放弃再找居服员。

除了居家服务外，陆陆续续地，母亲还是用上了"长照2.0"的其他相关资源，家人也尽力在日间分工，带母亲去医院失智症共照中心和失智症社区服务据点（简称"失智据点"）上课，偶尔也去医院参与阿尔茨海默病治疗的实验等活动。

一开始，母亲很抗拒所有这些很像"上学"的活动，觉得一把年纪了还去上课，简直莫名其妙。她对大嫂说："要去你自己去！"每回出门前千万个不愿意，极度排斥。

母亲第一次踏入失智据点时，看见老师像在幼儿园一样，放大音量、放慢速度对着高龄长者说话还教做缓慢健身操时，觉得很可笑。母亲的形容是"他们好像疯子、傻子"。

以往母亲日日在健身中心参加的韵律肌力有氧、高级瑜伽等课程，都难不倒她，母亲的身体能耐让她觉得那些老人健身操真是太小看人了。家人则私下以为，母亲和所有去上课的长者一样，对自己没有信心，缺乏安全感，担心被家人"遗弃"在一堆老人中。

不过，有趣的是，出门上课前总是百般不甘愿的母亲，一旦进入教室，见到老师，立刻变身为小学生，积极投入，认真回应。

母亲这一代人讲究阶序礼节，尤其尊重医师、老师等专业权威。偶尔上课被老师点名示范时，母亲也毫不羞赧，甚至常被同学推派为上台报告或写白板的代表。母亲上课时开心地劳作，下课后把盆栽带回家继续培养欣赏，还常获得"奖状"回家现给孙子看，祖孙角色互换，换孙子给阿嬷拍拍手。

母亲下课时，大姊或大嫂总是站在母亲出教室后第一眼就能看见的地方迎接她。这样做是为了尽可能让母亲安心，避免产生"被抛弃"的胡思乱想，也好延长上课带来的幸福感。

尽管如此，母亲仍然在教室闹失踪过。某回上课正当收尾，在老师和志工们都没注意时，母亲不知何时从哪个门溜出去了，连在室外椅子上等候的大嫂都没看到她。一伙人急得到处寻找，正想着是否要报警时，母亲的大学生孙子因没课而留在家中，突然在群组中报告："奶奶刚刚回到家了！"家人和老师才松口气。

❋ ❋ ❋

长照提供的社交活动与照护服务，让失智症老人得以有机会出门走动暖身、上课刺激、社交互动，也让承担照顾重责的家人因而获得喘息时间。就在这样的长照协助下，2020年后，母亲的新生活时程表慢慢成形，她逐渐接纳并习惯了环境与活动的转换。

未料，2021年5月中旬，台湾本土疫情大暴发，将一切打乱。因应疫情骤然升温，从双北到六都，以及老年人口比例特别高的几个县市，陆续宣布暂停日照和据点活动，以避免群聚感染。因疫情而来的封锁与社交停滞，让母亲陷入和全台依赖长照服务的老人同样的困境。如同学校关闭孩童返家一样，老人的家属成为二十四小时的照护承担者，毫无喘息机会。

台湾有多少失智症老人受到疫情封锁的影响？确实的数字不得而知，在此只能估算想象。

"卫福部"于2011年至2013年委托台湾失智症协会进行流行病学调查，根据该协会网站提供的调查结果，估算2021年失智症（包括极轻度与轻度以上失智症）患病率为百分之七点六四，即三百九十四万名六十五岁以上老人中，有三十万人有失智症，约每十三位老人即有一位，而八十岁以上的老人，则约每五人即有一位失智症患者。

疫情当头，无法出门的老人生活节奏突然改变，情绪与身心状况受到的负面影响可想而知，家属照护的困境重重。当时，我为了寻找让母亲在家运动和有助于家人理解母亲处境的信息，加入了几个脸书的失智症家属社群，因而得知许多老人失去日间或居家服务后的失控状况，家属的唉声叹气此起彼落。母亲的居服员和家人从不同渠道获得的信息，也都直指防疫封锁对老人的显著影响。

疫情封锁下的日常生活，虽然不分年龄族群全民都受影响，但多是暂时性的冲击。失智症患者因此出现的快速退化，却不可逆转。

然而，老人失去长照服务带给家属的忧心困境，却只能由个别家庭自行承担，政府或社会机制并未能提供协助。虽然政策提出家属可以申请防疫照护假，但并未要求雇主给薪，对于许多家属而言，仍是两难处境；针对失智症老人的照护假，也未比照"孩童家庭防疫补贴"（针对小学以下及身心障碍学生），提供每人新台币一万元补助。老人的家属全得自求多福。

生活骤变，长照的日照、据点与非必要居家服务（如陪同外出、散步服务等）几乎全暂停，健身中心关闭，孤单的母亲只好又往外跑。

母亲总是不断抗拒并打破家人企图的约束，她的行径除了反映原有的外向活力外，也是在忐忑中的摸索探底吧。那是在光亮与黑暗交界处的游移，饱富生命见识，却看不清前方。

母亲出门经常忘记戴上口罩，感染的风险让家人极为忧虑。家人也担心，在此疫情严峻而台湾社会草木皆兵的敏感时刻，未戴口罩的母亲在路上到处乱走，可能处处会被路人当面纠正或嫌恶闪避，不论是哪一种反应，都可能造成失智症患者的困惑、恼怒与情感受伤等负面情绪。偏偏负面情绪是失智症患者最应避免落入的状态，那易造成病况恶化。

2021年6月疫情封锁期间，哥一度得以在家工作，大嫂后来甚至辞去工作，才能把母亲守在家里。这段时间，家人以电脑转接电视，让母亲看着健身节目运动，以维持基本体力。

鉴于老人感染后的重症风险最高，尤其是八十岁以上长者，所以家人特别保护母亲，减少家庭聚会避免群聚感染，母亲因而连与家人的互动都大幅减少，见不到想念的儿孙令母亲再三询问挂念。

疫情期间，母亲常跟家人数落我，说我"二十年没回家了"，哪怕其实我们前一晚才见上面。也许，我接受治疗时长期离家，母亲虽已忘记原因，但对我的担忧曾经太过挂心，即使事过境迁，只要见不到人，最为在意的情绪就主掌了印象。深刻的挂念会超越褪色的记忆。

2021年秋季，疫情风暴趋缓后，就和全台众多失智症患者受到的影响类似，母亲退化了，进入阿尔茨海默病中度阶段。随着病情恶化，母亲的病识感倍增，信心更为下沉。

所幸，此时家人已更为认识了母亲的病症与处境，合力加速学习关于失智症的知识与应对之道，尽可能多方了解各种协助信息，甚至预先认识未来可能用得上的服务，搜寻居家附近的资源，像是里长办公室、社区关怀据点、"长照 2.0"计划的日照中心，以及"长照 2.0"之外由民间社团与协会组织的各种活动等。简言之，当母亲的症状更为恶化时，家人的理解与照护步伐也更趋向一致。

❋ ❋ ❋

失智症状一再浮现的母亲和癌症治疗中变得脆弱的我，都处在边界上。

在此之前，我从未想过，有一天会用上这套我熟稔有余的观点，来理解母亲和我的这段生命交会时间。我的人类学研究让我惯于"永远处在边界上"，那是一个来回进出隐微边界的不稳定状态，因为坚守模糊地带，才能在其中探寻和理解不同世界的脉络。这种状态最适于思考，尤其是关于自身认同与位置的思考。

只是，以前的我未曾想过，处在边界上对于生命的思索和升华有利，却也可能延长病中之人的困惑与苦痛。因为，多数时候，必须跨越模糊边界，才有可能朝向稳定，或迈向新生。位于边界上的处境若欲是福而不是祸，端赖对于前景能有所期盼。

治疗是我的摆渡人，得以协助我跨越有限可期的边界之苦，只要前景在望，处在边界上仍有新生的期待。但是，母亲的摆渡人何在？母亲正在经历的生命过渡，是否还能有机会走向某种重生，而不仅是一路失控漂流到生命的终点？

终点，缺乏下一个阶段的盼望。无怪乎人类会发明宗教。凡人需要在这种看不见前路的过渡阶段，想象有一条通向新生之路，好稳稳接住进退失据的人生时刻。

如母亲这般的受困者，要能走出边界，看似唯有二途。一是将自己交托予宗教。不论何种信仰，对于溺水中人都是很大的心理慰藉，抽象超越的神圣意念最能给予救赎的支撑力，凡人的协助难以匹敌。只是，母亲虽有一般的民间信仰惯习，却未曾真正地走入宗教。

那么，只能期待另一途了，那便是持续的退化才能带领母亲解脱。但可预期的是，在解脱之前，懊恼与煎熬必然四面埋伏。什么样的生命方法，有机会让母亲在解脱前得以超越煎熬，享受某种新生呢？

从我自己生病后，到写下这本书的过程中，我一直在思考这个问题。在接下来回望来时路的生活点滴絮语中，我以为那里正蕴含着带我们通往答案的方向。

※ ※ ※

生病于我，有一个遗憾，那便是自己错过了在母亲失智症初期陪伴她的机会。那时的母亲，应该如同低潮中的我，最是艰难孤寂。我接受治疗的那半年，也是母亲的症状从确诊到明显恶化的第一个关键期。

那段时间，我与母亲多以电话联系，有时跟她闲聊我的心情，母亲更常一再重复对我的叮咛与指点。母亲一再重复，不只是因为极度关心，也是因为她常不记得自己刚说过的话。后来，母亲甚至忘却了我生病的事，而我则是数度意外发现的。

某一次发现的机缘是，化疗结束后，如同诸多病人的经验一样，我的白细胞与体力逐渐明显回升，某个周末时哥便带着母亲来看我。我的头发长得快，便请朋友帮我购买说是癌症病人也可使用的植物染剂，没想到我的发质不适染，满头的橙红短发让我变得宛如《灌篮高手》的樱木花道。

当我开门迎接母亲来访时，许久不见的母亲盯着我的头，笑嘻嘻地说：“你这么时髦啊，把头发剪这么短！”

瞬时，我意识到母亲遗忘了我的病，突然感慨失忆不全都是坏事啊，便开心地问她："你觉得好看吗？"

母亲笑着说："好看啊！"

我康复期间，母亲来看我时，如果下雨无法出门散步，就陪着我做事，像是和我一起制作环保酵素、看着我折叠衣物、帮忙修剪植物、整理书桌。有时我洗碗，母亲在一旁看不顺眼，便教我如何把锅子刷得更干净，甚至动手用力帮忙刷洗。我常感叹母亲那么娇小的个子，力气却那么大，真是练出来的资深煮妇手力。

我们边做边聊，那般场景，仿佛幼年时母亲做饭我站在旁边聊天的位置翻转。只是，无论立场如何改变，母亲始终不脱指点我的角色。通常我会主动聊起做运动的感觉，描述自己哪里的筋骨比较紧绷、喜欢哪些动作等，然后母亲就会立刻变身为瑜伽达人示范给我看。

我常刻意向母亲请教她擅长的技艺，像是煮饭、运动、穿衣、家务等，让她笑话我、数落我、指点我。让高龄母亲展现她能够应付的技能，不仅有助于维持自信，也符合她对我的情绪认知。母亲在这些时刻，总会露出我熟悉的得意与戏弄表情。

我和母亲生病后，相处的时间虽然减少了，但相处的质量有所提升，是我在青春期后，就不曾再体验过的亲子亲近感。我想，或许是因为我已然跨越身心的边界，而母亲似乎也跨越了某种边界，我们都在生命动荡转型时，默默地调整了与自己和彼此的关系。一切，尽在不言中。

第二章

認識病人的身心世界

小华从来没有举止如此优雅过。马克杯倒满水，右手拿起，左手托着杯底，缓步移到餐桌前，坐下，慢条斯理地啜饮。

突然，小华意识到自己竟像童年时眼中的婆婆，脑中闪过一个念头："啊，原来，婆婆的动作轻缓，温和平静，也可能是因为无力？沉甸甸的水杯，就靠着虚弱的指头和手腕端着把手，要不微颤也难啊。"

婆婆生于民国前，小华出生时，婆婆已经六十六岁了。家中按照祖辈故里的习惯，称祖母为"婆婆"。婆婆是个裹过小脚的"三朝之人"，生于江西省萍乡县的富裕之家，幼时被她的婆婆裹上小脚，民国初年父亲解放了她的裹脚布，但为时已晚，婆婆的脚趾已然变形扭曲。婆婆出阁时被花轿浩浩荡荡地抬过边界，嫁给湖南省浏阳县文家市的首富长子。

她的一生，经历过帝制、民国与红军在江西湖南时。

1949 年之后，婆婆踩着她的小脚，费尽千辛万苦抵达香港，还曾与夫失散，最终辗转来台定居，见证了戒严、民主化与政党轮替，活过丈夫与长子，于 2004 年辞世，享年一百零一岁。

婆婆的生命韧性坚强，小脚却是她的罩门。幺孙女小华经常帮婆婆剪小脚的厚茧和指甲，婆婆自己剪不到。总是在这种时候，婆婆会跟小华说起年代久远的故事，抱怨自己的婆婆裹了她的脚。从小华记事起，婆婆一直都是穿着纤细秀气的绣花鞋，还嫌宽大，得要塞进鞋垫或棉花。

幼时，小华常把自己的宽脚板伸进婆婆的绣花鞋，细长的鞋子被撑得中胖变形。父母工作忙碌，小华跟在婆婆身边，喜欢看着婆婆做事的样子，缓缓地，双手捧杯，所有的身体动作都显得温和细致，把自己和身边之物整理得妥妥帖帖。小华喜欢那种平静的力量。她没见过婆婆的年轻时代，印象中的婆婆总是如此优雅，虽然婆婆骂起人来嗓门一点儿也不小，但令小华记忆深刻的都是那些像黑白默片的慢动作。

小华从来没想过，自己有天竟能体会婆婆的裹小脚是怎么回事。原来，婆婆徐缓细致的动作，除了大家闺秀的家教影响外，更可能与小脚带给她的身体规训有关。从小就不能快速移动，动作大一点就感到疼痛或脆弱，久而久之，动作自然慢了下来，缓了下来看似就温和平静了，哪怕内在可能一点儿都不平静，万马奔腾地驰过千丝万缕的哀怨与渴望。

此时此刻，由于化疗引起的身体快速弱化，小华才突然意识到，婆婆的缓慢优雅，可能也是源于她的身体规训和筋骨衰弱疼痛。小华长期伏案敲电脑，化疗造成的软组织伤害，让她的腕管综合征症状更为突显，手掌与手指渐渐无力，拿杯子、端盘子、捧水壶，都要双手托着才觉稳当。

原来，老年的优雅，是添上了岁月的摧折而形成的美感风景。小华从来以为自己一辈子都学不会的女性优雅，竟在中年生病时的身体上有了点苗头。想到这，小华觉得新奇。

岁月如月，有光亮的一面，也有从地球上永远看不到的另一面，任一面都值得探索。只是，没有位移，看不见完全。

我第一次住院时，充满了幸福感。记得躺在软硬适中还能调整高度的专业病床上，向陪伴我到医院的三位好友说："我现在什么都不用管了，觉得好像在度假!"如今说来好笑，当时却是我的真切感想。

感受总是相对的。

从遇见怪医生告知我得病，然后苦等病床才能开刀检验以诊断，确诊后又继续等待住院治疗。一再地等待、等待，由衷感激几位好友陪伴。枯等期间我不肯告诉家人，坚持不让家人跟着我多受不确定的煎熬。我默默地以为，既然家人迟早会知道，就尽量让他们多睡点好觉，待尘埃落定后再说吧。就这样，我暗自承受了一个多月的不明所以和焦虑。

从最初的晕倒事件开始，到治疗与康复之途中，"相对"这个指标始终关键，都是与自己一路以来的处境和感受相比，而不是与他人的情况对照。这些身心状况的变化，如人饮水，冷暖自知。

在诊断和治疗过程中，我经历过三位很好的主治医师，第一位是胸腔外科医师，他在开刀前跟我说："交给你就放心了。"一开始就让我吞下大粒长效的定心丸。从他手中开始，我全然放心地将自己交托给医疗人员，毫无悬念，快速地规划安顿自己。

我把朝向康复之路当成一个计划。根据生活经验，我一直相信靠着承诺、耐心与纪律，就可能达标。在我的生命中，曾做过的工作或研究计划少有是简单的，各种艰难、挑战、苦头都度过了，所以相信自己应可能完成眼前这个困难的计划。

然后，我做了心智的分工。决定不主动忧虑病况，也不到处在网上寻找病症或医疗信息，因为我不想自己吓自己，也不想受他人惊吓。

网络上充斥了许多虚实难辨的信息和关于癌症的不当认识。对于非医疗专业的脆弱病人而言，信息不一定有用，却可能影响心情（第六章会聊及一起网络乌龙事件）。

治疗期间，我并不知道脸书上有各种癌症社群，康复时才因缘际会得知。这类社群通常需要管理者同意才能加入，提供的知识比较正确，气氛温暖却不用承担实体病友会的感染风险，对于需要信息和打气的病人来说，也许是不错的渠道。不过，其中亦可能包含较为棘手案例的分享甚至死亡信息，若是暂时不想接触这类信息的人，就要自行判断投入的程度。至于我，当时就只是将自己交托给好医生，全然相信专业，配合医嘱和对自己的照护，放下对于病症信息的自行操心。

我对自己的照护安排，第一要务便是与牙医联系，该检查修补、洗牙的赶紧处理。完成后，我的牙医还很感性地给我拥抱打气："你一定要回来找我啊！"治疗与康复路上，我经常遇见温暖的医疗工作者。病中的我多情易感，旁人一点善意暖语，都能点亮我那一天的日子。

我还条列了采购清单：全新毛巾、软毛牙刷、不含酒精的漱口水、温和肥皂、温和洗发精、棉质开襟睡衣、口罩、酒精，还有专用筷子、汤匙和叉子。我特意挑选可爱的颜色或样式，想让自己的心情好一点。

当时陪我采购的朋友一时不解我的行径，困惑于一向不喜逛街的我怎么反而变得过度活跃。其实，我只是把握在"变成病人"之前的时间，赶紧按照自己的意愿打点闭关休养所需，准备迎接治疗。

只是，尚未经历治疗的我能想到的需求仍然有限。治疗开始后，我才知道更待补充的还有快干的衣物和帽子。

为了感染管控，每次从医院返家后，我都会洗澡更衣，清洗衣物和布提袋，用酒精擦拭重要物品，如同在新冠疫情中众人都已熟悉的消毒程序。台北的冬天阴湿，衣物不易干，我却可能一周要洗三套以上的秋冬衣物、外套和帽子，一向喜欢棉质衣物的我，此时才发现快干的人造材质较为方便。

化疗会造成毛发脱落，有些女性病人可能宁愿忍受每日清理落发也想保留头发，我则是早早就选择剃发，上班时才戴着假发。其余时候，夏日光着头凉快，秋冬则亟需不同保暖程度的帽子。吹冷气睡觉必备的平价全棉质帽并不好找，是老友阿琯帮我上网搜寻订购的。头皮很会出油，帽子得经常清洗，维持清洁很重要。

当年我接受治疗三个月后，由于新药出现得以缩短治疗时间，不一定要住院。我便宁愿放弃住院的保险理赔金，也不想每回治疗前都要苦等病床，于是从住院一晚接受治疗改为约三小时的门诊化疗。治疗时穿着的衣服，最好不要是套头式的，而要选前开襟式的，既方便通过静脉导管注射药物，也能合衣保暖。

　　　　　　✳ ✳ ✳

　　癌症的类型复杂，治疗方式可能有所差异。一般常见的为手术、化疗、电疗（放射治疗）、靶向治疗，还有口服或注射之别，副作用和所需准备也许大致一样，但也各有特殊差异。通常医院会有肿瘤个案管理师，这是更为专业化的护理角色，参与医疗团队共同提供病人照护。个管师会提供新病人有用的信息手册。其他如住院或门诊化疗的护理师甚至病房里的专业看护，基于丰富的实务经验，也能够提供病人一些好建议。不少资深病人也可能乐意分享经验。

　　我对于照护、清洁与营养的许多知识，就是来自这些善良的人。第一次住院开刀检验时，我的室友珍妮是一位等待肺脏移植的资深病友，她知命乐天，病房中的日子仍然过得有滋有味。我入住病房后她就询问我为何住院，听完我的回复后，她便微笑说："你要是知道我是什么问题，就会觉得自己的病没什么了。"

　　很幸运地，我的疾病旅程就是在这样的善意和相对观点的提醒中展开。

　　我在病房中把走路和爬楼梯当运动，更加明白了相对观点的现实与必要。即使重症如我，在肿瘤病房里都算是情况相对单纯的病人，所以我连住院医师都很少见到，因为他们太忙了。日后，我仿佛承接了珍妮的善意，在狭小而但愿心宽的病房天地里，偶尔也与其他病人或家属分享知识。只要不害羞，在病房或门诊病友之间，有用的经验和信息其实并不难寻。

恶性淋巴瘤的治疗，一般来说，不分期数，都会进行全身性化疗。由医师视患者的病理类型、体力、对药物的反应、效果和耐受力而定，仔细定期观察和调配注射药物。通常，每一回完整的治疗周期为三周，即一周一次注射不同药物。化疗也常与电疗合并使用，局部的放射治疗可进一步破坏癌细胞的生长或让其死亡。治疗的过程很辛苦，但唯一可堪安慰的是，治疗结束后便无须再服用任何药物。

第一回治疗时，由于医师还无法掌握新病人的身体反应，我得连续住院三周，以便密切观察。这么长的住院时间，我便随身带上正在最后修订的《麻风医生与巨变中国》书稿，当时我的体力和精力还未受治疗影响，堪称如常，我把五百多页的厚重稿件堆在病床上。

有一天，医师来巡房，看到我正在校对修订，嘱我休息："不要太累了。"

我没有告诉他的是，那时我只想着："幸好我已完成了这本书，可以问心无愧，才能放心将自己交给他这位好医生。"那种状态，近似于"有个交代"的不再挂念与"活在当下"的无我感受，是很特殊的生命体验。专注于审阅自己即将完成的书稿，让我心无旁骛地接受治疗，反而有助于安定情绪。

只是，我感激好医生，不想解释顶嘴，便以提问回应他的叮咛："我能做什么配合治疗吗？"

好医生给了我一个温暖微笑，拍拍我的手臂说："保持愉快的心情！"我向来遵从医嘱，听了好医生的话，更欲放下重担，放心交托。

化疗药物进入体内后，立刻产生效果，利虽大于弊，但直接令病人有感的却是副作用。由于医嘱要求时时戴着口罩，我吸入自己口腔散出的空气，掺和了药物产生的金属味，让我半夜忍不住将口罩拉下鼻子。第一个夜晚，三更时分前来量体温的护理师见到了，提醒我要戴好口罩保护自己，因为医院充满了各种感染源，对化疗病人来说是很不安全的环境。

记得我幽幽地跟护理师说："可是我一直闻到自己口腔的金属味，睡不着。"

温柔的护理师在我耳边轻声细语："实在很难过，就不戴，没关系。"她这样说，我反而乖乖地戴好口罩了。

化疗引发的反应，除了对口腔或身体各处黏膜都可能造成损伤外，皮肤也可能起疹子。医师会询问各种反应，对症下药，减轻病人的不适症状。大致而言，各种药物都能有效协助病人渡过重重关卡。

只是，尽管有治疗的交托和信心，我也尽力配合医嘱，对症下药的副作用舒缓疗效也很好，但化疗带来的免疫力下降和预防感染的谨慎效应，让我仍旧难敌身心逐渐下坠的历程。

❉　❉　❉

生病或老化的身体，很多感受一言难尽，因为病人可能正困惑于不明所以的处境，也可能难以启齿内在的忧心。病人在跨越身心的边界时，能靠什么摆渡以顺利超越现况、朝向安顿之境？我想，除了良好的治疗，以及病人自己的身心探索与活在当下的修行功夫外，亲友的同理心、照护和言行反应，也是下坠之人能否被接住、顺利摆渡过关的重要因素。

当我陷入化疗副作用和孤立无聊导致的身心变化时，母亲也正陷入脑部退化的风暴之中。半年的治疗期间，医嘱尽量回避亲友探视，以预防感染。母亲虽常跟我通电话，但只能等待我的白细胞数回升且哥有空时再带她来看我。虽然我们对各自病程的认识和投降的时间点不同，却同样经历过身心下坠的慌张。亲友面对我们的改变而有的困惑和不适反应，也颇为相似。

我接受治疗约三个月后，母亲从担心和挂念我，变成只有挂念，到主要剩下为何我都不回家的疑问。她逐渐忘记我生病了。我偶然发现母亲遗忘此事，感到难得的欣慰，从此在她面前绝口不提。

我以为，遗忘不好的事就等于放下。但是，仍有清晰逻辑认知的母亲，不见得这么想。

有回聊天，母亲提到一些她记不清楚的不愉快往事，我说："这些事忘记了，不就轻松了吗？就不用再想了啊。"

母亲偏头瞅我："怎么会轻松？"

我又问："那是什么感觉呢？"

母亲低下头，似乎认真用力地在思索："觉得很……懊恼，想不起来，很懊恼。"母亲用加强语气说了"懊恼"两次。

我有点讶异，这是非口语的正式用词，母亲的表达能力仍然非常精准。

母亲和我的对话让我明白，没有完全遗忘的记忆，仍是记忆。记忆破碎的状况勾引出自我认同的焦虑与懊恼，哪怕是不愉快的记忆，都不想失去。母亲想要拾回的，不一定是记忆本身，更是记忆的能力。

母亲经常清晰具体地描述自己的脑雾状态，她能认知并表达细微的变化。有一天，我牵着母亲的手散步，她突然问我："你有没有觉得我走路摇摇晃晃？"

其实，母亲走路并没有摇晃，但那是她身体内在的真实感受。我在治疗后期，偶尔也有那种身体内在非常脆弱，像是随时想坐下的感觉，但是外人完全看不出来，甚至可能以为是病人的幻想。

那不是错觉，是真实的感受，病人正在辨识体内的信息，并努力稳住自己。

母亲经历的病识感，是种觉察自己正在下坠的失控感受，尽管速度不一定很快，方向却很明确。我感同身受。

治疗期间，我的病识感也很明显。在一般的社会认知里，化疗就像是把"毒药"打进身体里，癌细胞杀死了，无数的好细胞也阵亡牺牲，化疗就是一种必要之恶。我的病识感，主要源自化疗的副作用，而非已受药物控制的疾病本身带来的伤害，所以，我相信自己渡过化疗的难关后将得以康复。然而，尽管有此信心，我都免不了陷入低潮。快速老化愈逼近，失智症病况愈明显的母亲又如何能有信心，如何能安置自己的不安？

✻　✻　✻

2020年某回我陪母亲去医院参与脑部电流刺激效果的实验，进行实验的科研博士温言暖语，母亲乖顺地让他在自己的头皮贴上电极片。母亲乐意接受这个治疗，她觉得电流刺激过后，"脑袋好像比较清楚了"。家人也觉得母亲在治疗实验期间的状况似乎比较好。

利用电流以改善神经或情绪的问题，一直是医疗的概念或实作方向。例如，美国食品药品管理局（FDA）于2008年许可"经颅磁刺激术"（transcranial magnetic stimulation，TMS）用于治疗重度抑郁症，2013年又批准用于治疗偏头痛。台湾"卫福部"则于2018年许可"重复经颅磁刺激术"（repetitive transcranial magnetic stimulation，rTMS），通过非侵入性的磁或电刺激治疗对药物反应不佳的抑郁症患者。

2022年8月，美国波士顿大学的研究团队又带来好消息，他们在《自然–神经科学》（*Nature Neuroscience*）期刊发表的研究成果令人感到乐观。科研团队征集一百五十位六十五岁至八十八岁的长者，连续四天对他们的大脑进行无药物、非侵入性的温和电流刺激。结果发现，以高频电流刺激脑背外侧前额叶皮质，有助于改善长期记忆力；以低频电流刺激顶下小叶，有助于改善工作记忆力。效果可维持一个月。研究者已将实验对象延伸至阿尔茨海默病等认知损伤患者，期待未来的研究成果能带来治疗希望。

二十一世纪的全脑科学，不仅持续探索发掘大脑的神秘，甚至希望改变大脑。如果能留意科学研究过程中的实验伦理与研究成果的分享伦理，这样的发展趋势令人引颈期盼。

所以，只要对母亲的身心健康不具风险，家人都很积极地参与医院提供或建议的各种实验和课程。哥甚至陪伴母亲参与失智症长者的倡导影片拍摄，但事前也跟拍摄团队沟通，考量母亲可能不愿公开承认自己的病症，最后不一定会同意播放，拍摄团队仍然愿意先拍摄。家人与母亲都很勇敢地参与了，通过摄影第三方访谈母亲与哥关于照顾母亲的对话，母亲显得开心平静，为母子留下一段动人的对话记录。

对于医师与长照人员来说，失智症治疗的关键是患者的意愿及家人的配合,缺一不可。母亲与家人的高度配合意愿,让医院或长照机构很乐于通知并接纳母亲参与实验和新课程。

面对未知,家人积极把握有助于母亲的机会。只是,参与各种实验和课程,虽有助于增加母亲的活动力,但治疗效果如何,并无法保证。母亲也不一定能理解治疗与实验的差异,家人只能鼓励参与,从不勉强母亲。

犹记得,那回我陪伴母亲参与的电流治疗实验完成后,科研博士将母亲头上的贴片移除时,母亲突然敲敲自己的左后脑勺,问博士:"你可不可以也帮我电一下这里?我觉得这里很奇怪,我常这样敲一敲,看能不能把脑袋敲清楚一点。"

博士跟母亲解释,这是实验,不能改变位置。母亲沉默了,没再要求,显得很失望。

也许,母亲幻想过世上存有"芝麻开门"的密语,却总是期望落空。

有一次家人聚餐时,侄子突然问我:"奶奶想知道,有没有能让脑袋聪明的药?"母亲看着我,眼里充满了期待的亮光,她寄望于"读了很多书"的我,也许会知道通关密语。我不记得自己如何回应的了,却清晰记得母亲的眼神,还有我内在的五味杂陈。

＊ ＊ ＊

重症罩顶，不论治疗与康复，或祈求改善，都是一段漫长之旅，充满了酸苦、喜乐、不安与盼望。经常，病人处于莫名未知的跌宕起伏之中。身体情况退步时，心情也可能坠落得很快；身体情况稍好时，心情也可能宛如拨云见日般瞬间开朗。然而，通常旁人理解疾病与病人的脚步，少见能同步跟上。

常见的是，亲友可能在不明所以、不知所措或无话可说时，单调重复地要病人"勇敢""振作""加油""开心点""好起来""不会有事的"。仿佛表现"正常""开心"的关键在于主观意识，宛如病人的忧心与身体感受只是不必要的错觉，宛若回避讨论病人的恐惧，真实的危机就可以被压抑褪去。

常常，这样的言辞尽管善意，却多源于误解，成为不经意的伤害，甚至可能让病人产生不被理解的被遗弃感。此时，如果病人无法找到安顿自己身心的方法，不利的外在环境，以及缺乏理解及同理心的旁人言行，可能会加重病人的下坠感。

病人最需要的并不是勇气，而是活在当下的领悟与示弱的美德。向生命示弱、向身体的需求示弱、向愿意倾听协助的照护者示弱，才能放下忧虑负担，安顿虚弱的身心，集外界所有协助之力、之气于一身以感受支持，而不是刻意表现坚强。

愿意接受治疗就是一捧求生的勇气了，无须更多的宣示。

治疗开始后的我，偶尔在亲友的眼里可能判若两人，我想，很多重症病人或失智症初期患者都可能让身旁亲友有此感觉。得了重病，病人的认知、眼光、身体感[1]、与周遭的关系，可能会被迫快速改变，直觉性地自救于恐惧和危机之中，想弄清楚为何？究竟发生了什么事？该怎么办？言行举止习惯等日常生活选择，也可能随着这些自问自答而不停调整。

对病人而言，这一切安顿自己身心的改变，可能是立刻发生，毫不犹豫；也可能是在慌乱中摸索，跌跌撞撞，反复尝试，因而显得举棋不定。无论如何，专注于自身生命与生

1　指身体作为经验的主体以感知体内与体外世界的知觉项目（categories），既非纯粹的身体感受，亦非单纯的认知，而是两者的结合。

活的变动，让病人的内在调节启动得很快，表面上看还是同一个人，实际上却可能已进入准备脱胎换骨的正负状态。然而，旁人对于病人的认识想象，经常仍留在原地。

治疗期间，和许多病人的经验一样，我也会面对家人的不理解，这常令我想起三十二年前母亲化疗返家时的那一天。

那时的我无知且不成熟，不晓得如何应对生病的母亲，虽听闻化疗很伤元气，对于迎接母亲返家后的照护，却全然不知所措。犹记得，虚弱的母亲进门后，不发一语，不如我预期那样直接进房休息，而是坚持拖地，我要她不要拖了，表示由我来拖，她也决绝地不予理会。

几十年来，我一直不解母亲为何化疗后返家就在擦地板，但她固执生气的样子，始终印在我的记忆中。直到我自己接受治疗时，才终于似乎突然了解母亲了。

我住院时某天，朋友带着一大束花前来探望，医师看见了花，也见到友人没戴口罩围在床边，立刻叮嘱将花移走，还要我在床前贴上"禁止探病"的告示。我后来也在其他病人的医师口中听到类似嘱咐。因为多数人对于化疗中的病人，尤其是正在接受全身性化疗的病人处境缺乏认识，可能在不经意中造成预期之外的伤害。

化疗药物正发挥效果之时，也是副作用让病人的免疫力降到谷底之际。这时，寻常的细菌病毒都可能让病人发烧，从而影响治疗进度，甚至出现复杂的并发症。虽说现代人身边几乎都有亲友罹癌并完成治疗，但这一点常识仍相当不普及。

开始化疗前，新病人都得上卫教课，我就看了两支片子并听取讲解，完成后还得签名确认，可见其慎重。每回治疗后，医护都再三叮咛：勿碰触动物、植物；餐餐刷牙；接触口腔的任何器具都要开水消毒，尤其是牙刷；避免生食，只吃可削皮的水果，容易带菌和引起过敏的虾蟹海鲜等一律回避；出门一定要戴上口罩，远离人群；散步尽量挑选人烟稀少的空旷之处等。

这些叮咛都是良言苦口，看似简单，但要日日认真执行大半年，其实并没那么容易，需要一定的耐心和纪律。我认识一位病友，觉得餐餐烫牙刷太麻烦，就准备了大把的新牙刷，两三天更换一只。尽管如此，她的舌头还是长满了霉菌，必须治疗。病菌繁殖快速，免疫力低下的病人，连如此寻常的病菌都可能招架不住。

因为这些叮咛，第一次出院返家后，为了尽量避免过敏原和维持环境清洁，我就把绿油油的室内植物移到阳台或送走了，也把我搜集多年却可能藏有尘螨的布玩偶们送走了，在冷清清的环境中度过了六个月。好医生知道我的职业，还叮嘱我不要翻阅图书馆或档案室里尘封多年的书籍或档案，因为那里面的尘螨也可能让免疫力正低下的我有"致命风险"。

然而，如此小心谨慎虽然确实让我在治疗期间未曾出现高烧或不必要的感染，免于不少化疗中常见的小警报，让我的治疗一路都很顺利，但是，窝居时没有喜欢的植物陪伴并不好受。这个经验，让康复后的我很希望了解什么样的植物可能适合陪伴病人。

＊　＊　＊

对于清洁卫生的要求、对于不洁病菌的恐惧，是化疗病人被快速规训的身体感。谨慎的预防是为了避免脆弱的身体承受更多的风险负担。

在新冠病毒肆虐全球后，人们才集体体会了这种恐惧传染的身心感受。在此之前，正在化疗的病人要身旁亲友清楚认识并接受这样的防疫高标准，是件很困难的事，甚至是难以开口的请求。因为，亲友不一定知道预防感染的顾忌，更常见的情况是，即使知道也知易行难，觉得麻烦或不在意。看在病人眼里，若感受到他人并不把自己的安危当回事，可能又是一个打击。

我想，当年，母亲可能一进门就看见脏乱，眼见心烦，身体也感到威胁，却难以要求我们的标准立即跟上她的需求步伐，也为了避免因不被理解或未获回应而更觉辛酸，于是，再累都宁愿自己来清扫，多说无益还更费力。

和母亲当年化疗时的处境相比起来，我很幸运，接受治疗之初，大姊就帮我设定了清洁的高标准，让我照着做，我甚至重新学习如何洗涤衣物、清洁家居，细节之多有时都让我怀疑自己以前到底是怎么长大生活的。

治疗期间，我也常听闻见识其他病人关于亲友未能配合清洁标准的无奈故事和感想。有些听了觉得好笑，更多时候则令人心疼。

有个朋友和我同时生病，免疫力也大受化疗影响。尽管她的先生在医院工作，却并未意识到家中的病人很脆弱，回到家后还没更换衣服呢，走到电扇前吹风乘凉，就打了一个大喷嚏，风正好吹往我的朋友。

另一位病友治疗时，拜托家人盖上马桶才冲水，免得病菌冲天，让她陷入感染风险。家人尽管也希望她安心康复，却从不理会这个请求，不肯改变习惯。

记得我第一次去看专为肿瘤科病人所设的精神医师门诊时，一位乳腺癌治愈已超过十年的患者在候诊区主动跟我聊天，问候我的情形。她问我有无小孩，我摇摇头，她眼睛睁得大大地说："没有最好！"然后开始诉说自己有个女儿，从她患病至今经常出言伤害，十年了，即使她的身体已然康复，依旧定期来此报到领取抗抑郁药物。

某回住院，邻床住进了一位看似六十多岁的阿嬷，我从她儿子大声地向医护提出长期住院的要求中得知，儿子一直在台北工作，阿嬷独自带着五岁的孙子住在屏东。那天阿嬷远从屏东来台北治疗时，带着孙子一起入院，孙子睡在供陪病照护者使用的临时折叠床上，还是阿嬷在照顾他。小男孩很乖巧，没有瞎跑大叫，整天自己玩手机，偶尔童言童语地跟阿嬷说："阿嬷，你好了以后带我去这个游乐园玩。"医院的马桶和一般居家的不同，小男孩上完厕所不会冲水，他个子太小也够不到洗手台的水龙头，就跑回阿嬷的床旁，东摸西摸。我想，阿嬷应该感到无可奈何，但她显然病况严重，完全无力回应孙子。

当晚，小男孩去上厕所时，我忍不住跑去教他如何冲马桶和使用清洁液洗手。第二回治疗起，我只消住一晚即可出院，就只能教他这一次。看着小男孩听话地照做时，我于心不忍地想着："小朋友能学到多少呢？"

当然也有体恤的家人。听朋友说起在她的小学课后陪伴班级里，有两兄弟未报名参加难得举办的夏日玩水活动，朋友打电话询问父亲，才得知是因为担心玩水回来感冒，可能让当时正在化疗中的母亲感染。孩子们的懂事令老师既感动又揪心。

病人经常难以诉说，千言万语，没力气说，也不知如何简单说。这种情形我自己体会过不少，几年来在病房和候诊室更经常看到、听见病人吐苦水，亲友的不理解与伤害，几乎都是病友聊天之初的共同话题。

✻　✻　✻

诚然，没有生病的人并不会，也不需要经历全身心的迅速变化。所以，即使是善良且具有同理心的亲友，也常赶不上病人的变化速度，或者，压根没想到病人的身心状况可能在一夕之间转型。

当病人被迫迅速调整之际，身旁的亲友却可能还停格在震惊或不知所措之中，即使快速友善回应提供支持，多数时候，却仍未因应新的状况和处境，调整既有的言行举措和与病人的互动模式。

在此情况下，亲友对病人的不理解、困惑、误解、错待、质疑、责怪、怒骂，就极易出现，以为病人"怎么变得这么讨厌""挑剔""麻烦""公主病""不说话""不振作""太紧张"，甚至有时目光如箭、句句穿心的如常言行或互动方式，更加消耗病人所剩无多的能量。

病人不想多说，可能是累了，也可能是正在镇定自我。关注自己内在的变化，几乎是无可避免的疗愈功课。为了摆脱时时刻刻的牵挂、避免瞻前顾后的恐惧侵袭，活在当下的功夫得要刻意锻炼才有可能。

于是，有人念经，有人习字，有人看书，有人画画，有人打毛线，也有人努力留在原来的工作轨道当成没事一般。各式各样的作为，都可能是对身体内在变化的回应。看似注意力转移，却也是为求稳稳地度过每个当下，实乃疗愈所需。

治疗进入中期，我有一个深刻体会，就是遗憾自己不会打毛线或玩乐器。那时我心想，要是我会这种不用太多思虑的手工技艺，日子应该会好过很多。当时，朋友送我弘一法师的《心经》练习帖，要我照着写。我虽然很喜欢弘一法师，也很喜欢《心经》，只是，弘一法师的字极为内敛难学，如果我之前就已习得他的字，此时可能有静心作用，但身心无力时还要学习新技艺，令我更感疲累。

当心情下坠时，我几度尝试能专注放空的方法，才发现自己原来极度欠缺这种生存技能。生病之前的我，善于动脑，拙于动手，着实书呆子一个。

唯幸的是，我至少还能自我探索，还能获得协助。并不是每个病人都拥有顺利改变的条件。若是生活处境对病人不利，或是缺乏善意照护的亲友，病人因无法改变而涌上的焦虑和恐惧，可能加重身心摧残。于是，有的病人不得不漠然以对而随波逐流，或出现旁人眼中自暴自弃的奇怪言行。最糟的情况是，因为无法改变而丧失开朗的能量，甚至放弃了希望和治疗。

当然，难免有刻意找碴的无理病人，如同总有无心照护的冷漠亲友，这些也是寻常人性，无奈但真实。

台湾是人际关系密度极高的社会。对病人来说，运气好时，亲友多又能就近照顾，享受人际往来便捷的好处；运气背时，亲友走偏了的关心方式或无意伤害，反而可能令病人有腹背受敌之虞。

学者曾研究台湾癌症患者的自杀率是一般人的二至三

倍，高于全球癌友的自杀风险。除了社会文化对癌症常有的误解和偏见外，病人对经济压力的担忧、感觉难被理解或缺乏适当照顾而来的不利身心状况等，都是风险因子。逐渐发展的"心理肿瘤学"，就是关注癌症患者心理状态的学科，心理肿瘤学基金会或相关医学会，甚至可能为经济困难的癌症患者提供心理咨询，这些相关的信息值得患者和家属参考。

重病之人有很多身体感受，不一定能清楚描述，也不易被亲友理解，更不一定能用机器检测观察，甚至不一定会发生具体可见的结果让人得以掌握其真实性。

病人与亲友之间的落差，不妨以这样的方式来想象：前者与自己身体的相处，就像不打烊血汗超商的全职店员；后者对病人的关注，则像轮值义工。若从原本的认识与互动模式状态开始移动，两者的工时有显著之别，可想而知病人已大幅位移，而亲友的理解可能仍离原点不远。

亲友们若真心愿意认识病人的状态、协助病人渡过难关，在接收到病人信息的关键时刻，开放心胸、理性问候来增进理解，跟上病人变化的脚步，将是展现照护灵魂的良机，才有机会以同理心接住下坠中的脆弱之人。

第三章

关系洗牌，疾病是放大镜

厨房里哐当作响，小华走近关心，只见飞鼠忙得满头大汗，便问道："还好吗？需要帮忙吗？"

飞鼠出动了大大小小的各式容器与砧板，噼里啪啦的，大气地回应小华："不用，马上就好，你去休息，等着吃大餐！"厨房料理台的平面放满了器具和食材，小华很好奇飞鼠要做什么大餐给她吃。

"有飞鼠在真好。"小华心里想。每周二飞鼠会远道而来陪伴小华，是"坐牢"期间，小华最期待的日子。虽然其他亲友偶尔也可能特地来探望，但多数时候，小华都是独自一人在家。由于化疗造成免疫周期起伏变动，小华尽量远离人群，而冬天带来的湿冷东北季风，也让适合到户外散心的日子愈来愈少。

生病以前，小华一向人来人往、上山下海到处跑，经常同时投入很多有趣事物。治疗后半期，生活形态和社交互动的骤变，加上体力明显衰弱，小华变得无精打采，甚至有点忧郁。精神医师友人对小华说:"你的感觉,和没准备好就退休的人很像。"小华才理解到,自己提早体会了退休综合征,饱尝令人不知所措的孤立和无聊。

亲友的陪伴,是脱离孤立的快效药,但不一定想服用时就有药可吃,所以小华非常感激飞鼠定期"送药"。两人是近三十年的老朋友,但喜好与往来皆大不同,平时各忙各的,仅偶尔联系。得知小华生病,飞鼠就出现了,一向阿莎力[1]却少根筋的飞鼠跟小华说:"This is the way I love you, as a friend."还讲英文哩,飞鼠回避细节废话和滥情牵扯,率直大方地行动,小华由衷感谢这样的真友谊。

"开动了!"飞鼠满头大汗地从厨房端出食物,一个圆盘里,有一小团面条、几片肉、几片青红椒和绿叶。

"哈,你忙得稀里哗啦的,就是在忙这一盘啊?"小华笑了,很久没有这么开心笑了。

飞鼠又大气地回应:"你这里没有我熟悉的烹调工具,做不成我的拿手菜。"

小华好奇问道:"哈,那你的拿手菜是什么?"

飞鼠四两拨千斤地说:"很多啊!……你看好不好吃?"

1　为日语在闽南语中的音译,指为人处事干脆利落,不会拖泥带水。

小华从来就不是飞鼠的拌嘴对手，看着眼前这盘爱心食物，笑着吃了起来。

"那你吃什么？"小华问飞鼠。

飞鼠有气无力地回说："我吃不下，好热。"小华又笑了。

冬日里，飞鼠为了这一盘忙得直冒汗，问小华："我想吃泡面，你有泡面吗？"

小华笑说："你也弄一点拿手菜给你自己吃吧，干吗吃泡面？我这里没有泡面。"

飞鼠显然不想吃自己的拿手菜，就只说："那我现在出去买泡面，马上回来。"

飞鼠出门后，小华好奇地走进厨房，心想："唉呀呀，厨房从来没有这么杯盘狼藉过。就那一盘食物，飞鼠到底怎么忙的啊？"小华搞不懂。但眼前这乱成一团的画面，却像一幅美妙风景。飞鼠牛刀杀鸡般烹煮的友谊蛋白质，绝对有助于提升小华的免疫力。

关系洗牌，或角色调整，几乎是重病一定会带来的人际互动改变。

全球著名的医疗人类学家和跨文化精神医师凯博文教授（Arthur Kleinman）在其著作《照护》（*The Soul of Care: The Moral Education of a Husband and a Doctor*）一书中，描绘自己在妻子罹患阿尔茨海默病后的心路历程。妻子原本是他生活中的照护者，当她逐渐进入无法独立生活的病况后，他成了妻子的引路人。十年来对患病妻子的照护，更让一辈子投身照护领域的凯博文，衷心体悟"照护是以关系为中心，给予照护和接受照护是一种分享礼物的过程"。

然而，这个以关系为中心的过程，却有一个现实的主轴，就是关系的变化。就像在人际方面凯博文曾经历过的一种现实，他写道："信赖已久的朋友不见人影，……而萍水相逢之人，却能出乎意料地成为我们的重要帮手。"

当确认自己生病，和一位老同学说起时，我才得知他的父亲十多年前也曾罹患同样的病，治疗后一切安好。在与老同学的交谈中，除了他以其父的经历给我打气的对话外，令我印象深刻的还有他父亲病后的关系洗牌：原本经常往来的朋友很多不见了，倒是本来不常见的，却可能前来探望、照护而走得近了。

虽然不一定所有人的经验都和凯博文或我同学父亲的类似，但日常生活中的关系洗牌，确为常态。

我的病中经验也有相同之处。听闻我生病后，有些许久未曾联系的老朋友陆续主动问候，不少前来探望；一时间无法探望的，则经常通过社交软件问候，或传递各种好玩新鲜的信息，以表慰问。有些朋友很关心，但担心太久没见突然联系很突兀，还会通过其他朋友先来打声招呼。

其实，我在治疗闭关中，最为开心的就是朋友来探望或陪我聊天。通常，是我不好意思太过打扰人，但很期待朋友主动问候。我想，很多病人可能都是如此，因为对照护关怀的需求大，难免担心不留意便期待过多，而对他人造成困扰。

另一种现实则是，口头表达关心的人，不一定会想到具体行动；会以行动落实关心的人，也可能不会说什么。无论如何，亲友如果真心愿意关怀病人，主动问候或陪伴聊天都会是重要且具体的照护方式。

其他也很常见的现实是，听闻他人重病，很多人并不晓得可以如何表达关心，更不知道该如何和病人相处。有人因此保持沉默，甚至不敢靠近病人。只在背后议论的人性也很常见，这种反应始终离病人的状态很遥远。他人罹病时无法给予支持协助，即使病人康复后，已走出疾病状态，也可能仍留在标签化疾病的原地，永远把别人当病人，更遑论那种诸多病人口述和自传中，都描绘过的乘人之危而落井下石的言行。

重病，像是一面关系与人性的放大镜，可以让病人看清楚周遭人情的形态。不过，同样值得病人注意的是，有时也不必相信被放大的琐细好像真的那么糟糕。但这是病人得自己走过的人情冷暖，无论旁人在意与否。

＊　＊　＊

因他人对自身疾病的反应而引起的尴尬矛盾，也很常见。有些人即使表达关怀，却可能做出相反效应的言行而不自知。我自己也遇过不少这类情形，刚开始的确令我错愕，但后来觉得，那不一定是个人的有意之举，更可能的原因是，我们的生活教育缺乏生命哲学的伦理及应对之道。如今回想，许多都成笑话了。

有一天，我接到一位同侪来信问候，我相信她的诚意和关心，可是她却写道："不知道你怎么了，原来真相是你罹癌了。"她用"真相"两字，可能道出了八卦议论的后台，也可能说明了她的探问过程。无论如何，乍见这样的用语时，我还真是愣了一下；而在我回复感谢并说明近况后，就再也没有收到回音。我与另一位同侪提及此事时，他的回应是："她只是来确认消息的。"我会心一笑。

诸如此类显得颇为无厘头的关怀方式，很值得多谈以为提醒，有些情境甚至被拿来当成卫教中的"经典"地雷。

例如，"别跟癌症病人问的问题或说的话"，是相关书籍、文章和医院卫教中提供给病人亲友的常见建议。只是，信息虽然很常见，却不易被主动或认真看见。

《纽约时报》在 2016 年有篇报道，《不要跟癌症病人说的话》（What Not to Say to a Cancer Patient），台北和信医院将之整合编写为《十个不要对癌症病人说的话》，很值得参考，在此列出，也加上一些我的思考以为调整顺序和补充说明：

一、请"扼杀"你的"好奇心"。不要过多询问病况和病人身体细节，也不要主动提问病人预后的评估。这些问题都只是不断对病人明示暗示他的疾病很严重，不断把病人拉回忧虑疾病的关注上。病人需要的不是一再回答非照护者的问题，而是放下与休息。

二、不要在病人面前高谈阔论，比较你听闻的癌症病人景况，尤其不要轻易地说谁谁谁得了同样的病走了或复发了之类的负面话语。没有两种癌症是相似的，每个人的身体条件和处境也不尽相同。

三、不要对癌症病人说："你应该感到很幸运得的是这种癌症，而不是其他什么更严重可怕的病。"这种论调低估了病人经历的恐惧与辛苦。

四、不要对癌症病人说："我知道你的感觉。"因为你不可能知道。这种说法，不但不会让病人开心，也很难让病人信任你，甚至可以说，基本上这只是一句风凉话。

五、请别自以为幽默，对本来想减肥却一直没成功的癌症病人说："至少你终于减重成功了。"要知道，化疗病人体重变轻，是令病人压力很大的事，那对治疗可能有所影响。

六、不要对癌症病人乱报偏方、健康食品或养生疗法，说谁谁谁吃了有效。病人的钱最好赚！请勿增加病人的财务负担，甚至可能因此影响治疗，造成不必要的健康副作用。

七、不要对癌症病人说："你之所以会得癌症，都是因为生活习惯不好。"责备病人并没有帮助。事实上，许多因素都可能影响罹患癌症的风险，得了癌症还真的往往只是运气不好。连医师都搞不清楚的癌症起因，亲友就不必捕风捉影，乱说一通了。

八、不要一直对癌症病人说："一定要积极治疗！"癌症的治疗，一路上可能崎岖不平，时好时坏，所以不要一直鼓励病人无论如何都要积极面对治疗。天天被"加油打气"，令病人更感疲惫。

九、不要让癌症病人单独承受痛苦感觉，即使说"我不知道该说什么"，都比完全不说话或回避病人来得好，那样可能会令病人感到更大压力，甚至觉得被遗弃。癌症病人有一种说不出的孤独感，"有交谈比没交谈好"。"陪伴"是非常重要的心理支持，也是病人恢复健康的关键。

十、不要直接跟癌症病人说："人生难免一死。"

这种哲学家口气的话毫无帮助，只会更令人泄气。茫茫人海中，准备好随时可以上路的人，毕竟寥寥无几。人到临终之际，大概也不会想被说出这样的话的人探视；大多数的病人，都还在期待康复乃至奇迹出现。

以上这些"禁忌"不少我都亲身体会过，而且，地雷绝对不止十个。如今重看这些禁忌提醒，不觉莞尔。然而，当时身为病人的我有时的确感受不佳，不知如何应对。

❋ ❋ ❋

亲友的良言与陪伴，即使在寒冬都令人如沐春风；但是，少根筋的亲友付出的关怀效果，偶尔却可能与要病人安心休养的目的背道而驰。

在我的经验中，最感无奈也倍感疲累的，就是要一再重复回答简报自己的状况，以安顿亲友的担忧或好奇。偶尔遇见缺乏疾病常识但好奇心过强的天兵，更是令我哭笑不得。所以，我一般不会向我并不想费力诉说的对象主动告知生病的事，便是害怕会有后续被追问的麻烦。

有一回，两位朋友一起来看我，当我"简报"一般的淋巴癌治愈率高，个案管理师还安慰我"六个月后就当没发生过这件事了"时，其中一位竟说："淋巴癌不是很严重吗？那个谁谁谁不是扩散到淋巴很快就走了？"我正不知是该和她认真做卫教，还是把她的话当耳边风时，幸好另一位朋友就要她闭嘴了。

另有一回，有位天兵试图给我个震撼性安慰，直说："还好你得的是癌症，不是心脏病，要是心脏病，几分钟就走了，就没机会了！"

另一位天兵得知我的病况，竟在电话那端翻开医学教科书，念一段给我听，然后还很困惑地分析各种概率，我俨然成了考试标的。

又一个天兵看到我使用的牙刷和器具都用开水烫过消毒，以避免细菌感染时，竟对我说："免疫力是可以锻炼的，你这样弄得太干净不好，无法锻炼免疫力。"显然是无法区分因化疗而受抑制的免疫力与正常人体的免疫力之别，想当然耳便轻率断言。

我也曾遇过这样的处境：一位朋友知道我得了癌症，我都没怎样，她却当场哭给我看，好像我就要走了一样。

在治疗期间，某天两位朋友来探望我，两人坐在我对面，表情凝重，两双眼睛盯着我一双眼睛，不发一语，我觉得既好笑又无奈。为了减轻他们的心情压力，也为了让自己摆脱沉闷，我只好全程靠着自说自话度过被探望的时间，结果朋友离开后，我感到疲惫至极。

还有个朋友一再对我叨念：她有个朋友得了乳腺癌，大肆找朋友到家里开派对，要我学习她"看得开""找乐子"的态度。这又是一个天兵，对不同癌症、不同治疗的副作用全无基本概念就胡乱出点子，也像在暗示病人看不开，说教意味浓厚。

也有人怪罪我为何不早点跟他们说我生病的事，但其实我们原本可能并不常联系。甚至，以此方式表达关切的朋友，多仅止于该次"确认"或"问候"，却少有其他后续关怀。反应强度与互动表现不成比例，有时令人困惑。

不过，尽管这些言行回应都像出自天兵，多数人的初衷实属良善。显然的问题是，好奇心或语无伦次，是很多人听闻病情或探望病友时，最常出现的互动盲点。多数情况下，亲友们即使关心重症病人，但几乎都不会花费时间自修疾病与治疗常识，也少见对病人具体需求的真切理解，多是基于刻板印象来面对病人或提出各式问题。在此常态下，时不时，病人就在不经意中成为亲友们认识疾病的白老鼠。

如果旁人有所学习，对于病人来说还可谓利人利己，结果终究能皆大欢喜。最无奈的情形是，病人以身为靶了，亲友仍始终练不成箭，那真是令人无言以对。

❋　❋　❋

社会对于疾病的刻板印象，以及缺乏生命哲学的日常教育等现实，常让重病之人除了得应付自己身心的变化外，还经常在应接他人抛出来的意外怪招，有苦说不出。

我回想母亲失智症发病初期，一定也吃了不少类似的苦头。

母亲从来就是有些面向聪明干练，有些面向则不大灵光。因此，尽管母亲在谵妄前就已陆续状况百出，但家人并未意识到母亲可能生病了。相处距离太近，也很容易将日常生活中的摩擦用来解释母亲的奇怪反应，以为母亲是在生气或找麻烦，是老化强化了原本的糊涂或脾性不好之处，出现传闻中的老人偏执。

那段时间，母亲与家人都不知道，彼此正一同走进陌生的黑暗隧道，眼睛因尚未适应而盲目，经常在没有意识到的摸索中，不断犯下理解与对待的错误。在莫名的冲突中，困惑呵斥、生气吵架、质疑受伤、拂袖而去、焦虑挂念、怀念平和往昔，是家常便饭。

生老病死苦虽是人生常态，但一般而言，我们似乎只知如何迎接他人的新生，对于老病死苦就算不至于退避三舍，也多是避而不谈，很不熟悉。也许，因为人生充满了病与苦，尽力逐乐、避免受他人老病死苦的影响，成为人之常情。

然而，根本的问题是，我们可能因为回避他人的老病死苦，就变得比较安心喜乐吗？

老病死苦看似日常生活中的非常事件，其实正是寻常的人生光景。而且，随着医疗进步、整体寿命延长，老病死苦都可能成为延长赛，但多数人则是对此显得无知或盲目以对。

在我成为医疗人类学者以前，我也曾多次犯过这类盲目错误。三十多年前，我的父亲罹患胃癌，胃部切除过半，只能吃粥或流质食物，母亲总是以吻仔鱼炖稀饭给父亲吃。当年不懂事的我，以为父亲仍和我们同桌吃饭，就表示父亲不介意我们"正常"饮食，因此尽管我也会帮忙准备父亲的饮食，却常肆无忌惮地在他面前继续吃香喝辣。

父亲癌症复发前免疫力大降，当时我在外地求学，常打电话回家问候。有一天父亲接电话时，以故作镇定的口吻跟我说："我长带状疱疹了。"

当时的我不明白那意味着什么，只知道那时正有一位政界名人也因罹患带状疱疹而上新闻，一时之间不知所措的我，竟然回应父亲："你也跟人家赶流行啊？"我企图用自以为是的幽默来掩盖自己的慌张，印象中，只换来父亲在电话那头的沉默。这件事令我后悔许久。

不仅我们的家庭教育缺乏生命哲学，以及照护的灵魂和伦理探索，连相关的学校正规教育也颇为匮乏，整体社会多以为那属于医疗或宗教的范畴。我在长年的教学经验中也发现，少有年轻人会主动关注医疗健康议题，如果有，也多是因为自身或家人的疾病之苦。

然而，并不是所有社会都如此看轻照护伦理的教育。听幼教领域的朋友说，丹麦给零至三岁托儿所设定全国一致的"课纲"有六个主题，其中第一个主题"社会技巧"，堪称"安慰教育"，就是教导幼儿如何与朋友相处、互相倾听，以及在朋友难过时，该如何安慰他／她。

认识老病死苦的生命伦理与合宜应对之道，该是日常教育的一部分，而非只有专业助人者才需要理解的事。

如果将与病人的相处和照护比喻成战事，一般人通常是被迫匆促上阵，不教而战。在战场上才来锻炼新兵，损伤该有多么惨重？战事中的存活率或创伤后遗症，可想而知。若能存活，才能成就"老兵"。

凡人皆有生老病死苦，我们通常都有关心喜爱的亲友，何况自己也是肉身之躯。离苦得乐是人生终极境界，陪伴病苦者得乐也是寻常的生活处境，两种关注都很重要，其实互不矛盾。

就像医疗人类学家凯博文写道：

照护会让我们疑惑，让我们焦虑……；有时候真的令人不愉快；……可能还会让我们陷入崩溃。然而，照护也是我们能做到的最重要的事情。它从照顾他人出发，但最终却是照顾到自己。借由付出照顾，我们会认知到原来自己也需要得到照顾。……也许在最后，这会将照护的灵魂转变为对灵魂的照护。

* * *

疾病是一面放大镜，它让我们看见真正在意并希望珍惜把握的关系，平常可能看不清楚，此时，重要的存在却会被突显出来。

治疗期间，由于并非随时适合接受探望，我很期待亲友日日传来的好玩信息或影片让我解闷。看到有趣的，我便立刻转发给病友，只因明白病中之人都欣喜于有人惦记与分享。

第一次住院治疗期间，我和邻床一位罹患白血病必须接受骨髓移植的年轻人成为朋友，我最常传信息给她，以为打气，若获得回应，便能得知她是否安好，不需言语，只要看到"已读"也能令我安心。遗憾的是，某天起，我传的信息就再也没被读过了。至今我仍留着我出院时她写给我的谢卡，我诚心为这位乐观开朗的年轻女子向上天祈祷。

病中之人需要的不一定是见面探望，电话或简讯也都是很好的方式，可以让病人免于社交孤立的感觉。治疗期间，有些朋友持续以飞鸽或简讯传递挂念问候，偶尔接到这些朋友的不定时来讯，总令我深感温暖与开心。像是彭芳谷教授每周来电，虽然老人家都是简单问候，但高龄长辈的挂念，总让我倍感温馨与感激。阿琯隔阵子就寄来美丽的明信片，都是她出国搜集的纪念品，她把珍藏寄给我，就像是传递特别的问候与祝福，每回收到我都贴在墙上，就像看到老朋友的笑容一样。

有位远在他乡的学生无法来探望，却说出最令我动容的打气话："老师，你的存在就是对我们最大的安慰。"

同事牛角话不多，甚少用言词表达关心，却随时准备趁天气好转和我的免疫力回升时，带我出门兜风。

好友点点平常忙得虽不会主动来电，但只要我传信息，几乎都是立刻回复，尽量不让我等待，甚至还细心留意我可能合用的衣物用品，购齐后一次远道送来。

哥一日照三餐甚至五顿的问候，在我半年的治疗期间未曾中断过。甚少做家事的他，还曾在我疲累躺下时，帮我擦地清洁。如此坚定的手足之情偶尔也让我热泪盈眶。

我的学弟阿雄，他的拍片工作非常忙碌，但在我心情最低落时，仍排开时间到医院陪我回诊，甚至当我逐渐恢复公开活动，更常驶过大半个台北盆地来接送我。无须言语，就给予我温暖的照护和拥抱。

老同学野兽辗转听闻我生病，很认真地当一回事，主动联系曾经有过化疗经验的远方老友小莲，因为他认为也许小莲能提供我必要的信息及协助。我非常感谢两位久违同学的主动联系与关心。小莲在我治疗期间的远距离陪伴与经验分享，非常令我受用，甚至开启了我对宗教与生死的思考。那样的对话，似乎只有曾经身历其境的人才敢于、才有信心提出。

一位学界前辈是虔诚的天主教友，经常远程传递好看的相关信息给我，当他知道我在思索人生与宗教的问题时，便主动帮我联系一名并不相识的神父。神父很忙碌，却仍常在电话的那一端问候我，还寄了许多好看的书给我。当神父来电和我讨论读书心得时，我说第一本选读的是《神啊，祢是来整我们的吗？上主的美善 vs. 邪恶的苦难》(*Where the Hell Is God?*)，神父笑了，说他也猜我会先挑这本来看。那是一本有趣的书，有故事和思辨，却不太说教，后来我也向其他正值困顿的朋友推荐此书。

在我开始治疗时，本来就常住新竹的老师接下新的工作重任，原以为开学后就无法经常返回台北看望我。可是，老师一直挂念我，当他得知亟需高蛋白饮食的我不会烹煮肉食却未找到人帮煮晚饭时，便常在下班后赶回台北煮饭给我吃。当我在治疗后期心情陷落而变得被动后，老师更是尽量赶在太阳下山前到来，领我走出屋内晒太阳、散步。

老师的话一向不多，以前相处时，通常是我在说话；当我变得沉默寡言后，他经常不知道要跟我聊什么。老师很有意识地不跟我谈工作上的事，要我完全放下、清静、休息，多是描绘他在捷运或高铁上看到的人事物，或把今日国际新闻说给我听，但都是三言两语就报告完毕。

有一次吃饭时我们大眼瞪小眼，闷到快发慌的我，居然请老师跟我说笑话。记得老师先抱歉地说了一句："我不太会讲笑话欸。"然后想了好一会儿，终于说了一个他在福建的田野故事，内容涉及一对兄弟之间对话时不雅的闽南语口头禅，老师当时在一旁听得惊奇发噱，他们彼此高来高去[1]却浑然不觉有何不妥。老师不好意思地边说边笑，一个笑话说得出现好几个顿号，记得当时那真把我逗乐了，每每想起那个画面还是会笑。

时至今日，我仍衷心感激这些亲友的照护，不论次数与长短。他们的照护并非基于期待我可能的反馈。事实上，绝大多数我都无法立即回报，只能放在心里，期待来日方长。他们就是单纯的诚心照顾，如同牛角所言："只要你会好起来。"也像老师说的：他不愿见到（他心中）像我这样优秀的年轻人倒下，他要把我拉起来。这些亲友，尤其是老师伸出的救援之手，真的把我从谷底拉了起来。

他们不一定知道自己的照护付出，就算只是简单的言行，都在我辛苦的治疗之路上产生了重要的正面作用。这些令我感激的亲友都是我生命中的贵人，老师对我的照顾更是

1　比喻双方你来我往。

恩同再造。

* * *

生命诚可贵，是因为有这些美好。良好的照护形塑的关系，是神奇的疗愈。

我相信，如今母亲的心里一定也有着和我同样的感想，尽管她不曾用言语这样表达。她更加频繁的笑容、一日比一日开朗的生活举止，一定都是接受良好照护后的直觉内化反应。情绪是照护结果的最佳反映。

母亲与家人都已走出不了解病况的黑暗隧道。在进入隧道之初，母亲常成为家人之间冲突与误解的原因。如今，因生病而糊涂的母亲变成非常可爱的老奶奶，是把家人团聚在一起的混凝土。当前，母亲和家人的关系与互动之美好，几乎可以称为家中的黄金时期，亲子关系如此，婆媳关系如此，家人之间的关系也如此。

我常想，这一切，如果不是因为母亲的病，如果不是家人共同度过了体悟生命的边界，不一定都能把重要的人事物看得那么清楚。

重病除了是面放大镜，也像罗马神话中的门神雅努斯

（Janus），他常被描述成有前后两张面孔，回顾过去、展望未来。重病就和这位门神一样，一面是毁灭性的，把很多过去的延续都打断裂了，另一面则是建设性的，代表着新的开始与转型。

断裂与疼痛的那一面终究会过去，但喜乐与重建的那一面却可能迎向新生的关系。而且，感激和愉悦的情绪将可能超越记忆的时空，长长久久。

第四章

自救的身体

小美一个人坐在客厅，望着黑漆漆的电视荧幕发呆。她不想看电视，也不知道怎么使用数字有线电视，心里嘀咕着："以前按个钮就能找到想看的节目，现在东一个盒子、西一个遥控器，搞不懂，而且都是旧节目，不好看。"

　　外头下着细雨，朝东的屋里有些昏暗。小美没想过白天也要开灯，她甚至晚上短暂进出浴室或厨房时，也常不开灯。不知是为了省电，还是眼睛畏光，或只是想省却动作，小美就和许多老人家一样，他们从没交流过这回事，却都有这个习惯。

　　"天天都是礼拜天就好了。"小美心里想着，又轻轻地叹了一口气，嘴角下垂，眼神酸苦。儿媳孙子都上班上学去了，下午就她一人孤零零地在家。小美习惯早起去健身中心运动，中午回来自己随意弄饭吃，吃完饭后就没什么精神了。但小美不敢午睡，她怕白天休息，晚上会睡不着。失眠的夜晚，比无精打采的白昼还要难熬。

小美坐在沙发上胡思乱想，看到什么想什么。茶几上有个杯子，"对了，我那个很漂亮的盖子怎么好久没看到了？一定又是哪个家伙趁我不注意把它丢了，老是偷丢我东西！"

　　小美抬头睃巡室内，瞧见神台，心里又叨念着，"怎么都是灰？我早上不是清过了吗？怎么又这么多灰？有人动过吗？"

　　正要起身查看，顺手摸到椅垫，低头瞧，小美心里又嘀咕起来："奇怪，椅垫什么时候变成这个了，以前我买的那个质料很好的椅垫呢？"一连串的困惑浮上心头，小美不知道这些不对劲什么时候发生的，愈要想，愈想不起来，总想不起来，令小美疑惑心慌。

　　独自坐在这里，看着生活了三十多年的客厅，小美突然感到心慌，觉得自己正在变笨、变笨、变笨。站起身，她决定出门，不想呆坐在一个人的客厅里，被莫名的不安吞噬。

　　个子娇小的小美穿上红外套，撑起伞，惯性地往运动公园的方向走去。她其实很累，并不想运动。"下雨还会有人运动吗？去看看吧，说不定能遇见熟人，讲讲话就好了。"小美心里这样想着，继续往前走。路旁摩托车的坐垫都湿了，马路也湿漉漉。

突然，小美想起："啊，我忘了蔡小姐要来，糟糕!"她立刻转身，小跑步地往家里方向去，跑啊跑的，大口喘气地进了门。

没多久，蔡小姐按门铃，小美开了门，笑眯眯地，在心里对自己说："还好没被发现又忘记了!"

小美不知道的是，刚才她像小朋友一样在路上跑回家时，远远地蔡小姐都看见了。居服员还录像下来传给小美正在上班的儿女媳妇们，并附上旁白："我又看到阿姨了，这个时间，她又跑出来了，不知道要去哪里？现在往家里的方向去了。"

母亲的生命力旺盛，活动力也很强，这些就老人家而言本该是令子孙开心的特质，在母亲的失智症状陆续冒出后，却曾经变成令家人无奈的头痛问题。家人担忧"身体好但脑子不好"的母亲，出门时可能发生意外或突然忘记如何回家。这种忧虑日日挂在家人心上。

　　相当长的一段时间里，脑子已出现状况的母亲仍自顾自地如常出门，家人无可奈何，即使用尽方法让母亲携带手机、名牌、追踪器等，母亲永远有办法甩开这些讨人厌的东西。每每家人返家后看不到母亲，都只能苦等她平安归来。

　　2021年的母亲节那天，哥特地一大早爬起来，赶在母亲出门运动前"逮住"她，一再叮咛："今天中午大家都要回来给你过母亲节，中午早点回来喔。"

　　然而，午时一到，全家都到齐了，除了母亲。老叔也买了花束和蛋糕前来过节，我也准备了低糖蛋糕、煎了巨型干贝、炖了鲍鱼，送来给家中三位母亲尝尝。大家一直等，等到食物都凉了。快一点钟时，怕海鲜坏掉，桌上佳肴被送进冰箱。

一家人坐在客厅继续等待，笑说母亲果然忘得一干二净，只好有一搭没一搭地一边看着《乌龙派出所》一边闲聊。等着等着，所有人都好饿，想切蛋糕来吃，但哥怕大家等会儿吃不下饭，不让吃甜食。终于，一点半过后，耳朵灵敏的大姊突然喊道："有人开门，可能是妈！"全家都转头盯着阳台的毛玻璃门。

那天风大，阳台的落地门是关着的。当母亲的小小身影透过毛玻璃现身时，所有人开心大叫，我更是忘情地拍手高唱童军歌："真正高兴能见到你，满心欢喜地欢迎你，欢迎、欢迎、我们欢迎你！"母亲拉开玻璃门看到我们如此热情洋溢，笑问："怎么你们都在家？"母亲的孙子已快饿昏了，两人一拥而上，请奶奶上桌，大姊和大嫂忙着进厨房热菜。

❋ ❋ ❋

我曾问过母亲："你天天出门是想去哪里？会不会累？"母亲回应了很多，虽然拉拉杂杂的，我却得出一个清晰的理解。原来，母亲出门，就像是一种本能性的"自救"。

母亲长年在健身房运动，习惯了天天出门，很外向，怕无聊。但是，近年来，母亲意识到记忆力似乎陆续出状况，体力也逐渐下降，于是自动缩短了去健身房的时间，下午大多留在家里。这种时刻，最是寂寥而令人恐慌。

母亲从来都不是单纯的家庭主妇，并没有养成在家中整暇以待而自娱的习惯。她从年轻起就出外工作，下班后还继续承担上有老、下有小的繁重家务。父亲过世后，母亲才走进健身房，生平首度开始为了自己追寻乐子。但这样的乐趣，也是在健身房和同龄女性朋友一起逐渐创造出来的，有伴。即使运动返家后，母亲仍持续扮演为儿孙买菜煮饭的角色。也就是说，在家中，母亲从来就是个不曾停歇的劳动者，而非偶尔得闲享受居家生活的主妇。

当母亲逐渐无法再负责买菜和掌厨后，健身房的朋友也因老化而各自散去。母亲的运动时间递减，在家的时间增加，但身边无人、没事可做，都令母亲心慌。向来让她忙里忙外、活得有自信尊严甚至充满主导权威的擅长事务，尤其是煮饭，都被迫一一放下了，却没有新鲜事物来填补空缺。

母亲对我说："我一个人在家，就这样呆呆坐着，觉得愈坐愈笨，这样下去不行。"所以，母亲总想出门。即使没有要做什么的特定目标，她也不想坐着变笨。她的本能是去到有人群的地方，去看外界的生活，去寻找新鲜风景。母亲想重拾与外在的联结，那个联结能减轻她的孤立感，转移她的注意力。

母亲本能地在自救。

如此充满生命力的母亲，也许反映出不少失智症或孤独老人的处境。他们向外跑以自救，却不一定能获得外界的良好回应。

偶尔，家人会在黄昏市场找到母亲，看见母亲站在菜摊前跟认得的菜贩讲话。只是，别人都不太理睬她了，但母亲还是继续试图跟人说话。

某天，母亲又跑出门，家人遍寻不着，情急之下只好报警，最后是在附近的社区活动中心里找到母亲。家人都不知道为何母亲会出现在那里，只能猜想母亲应该是跟着熟人走进，或是被一时的热闹吸引住了。

2021 年疫情升温期间，健身中心关闭，母亲的生活规律被打断，失智症状况恶化。疫情过后，家人便不再为母亲续约会员，不敢再让母亲单独出门。只是，两三年过后，母亲仍偶尔突然现身健身中心，然后家人就会接到工作人员来电。家人总是致歉，工作人员已明白母亲的状况，无法进入健身中心而感到错愕的母亲也总是跟人家说：她要取回放在置物柜里的东西——母亲仍保有让自己下台阶的应对进退能力。至今,母亲仍时不时表示她要去健身中心把盥洗用品带回家。

母亲依然存有健身的记忆与渴望,尽管她的体力已大不如前,现在通常只是散步走路,有时甚至不想出门。但直到2023年,当我偶尔问母亲"今天做了什么",她仍常回答:"早上去健身房,刚回来没多久。"有时她以为自己还在持续运动。

* * *

或许,在母亲的自救遭遇中,偶尔也有光亮的时刻,只是我们不一定想象得到究竟发生了什么事。

有一天,母亲出门回来后,就换了个发型。家人发现母亲身上并没有钱,问她在哪儿做的头发?有没有付钱?母亲的回答前后矛盾,糊里糊涂不可靠。大嫂赶往母亲以前常去的美发店询问,美发师说母亲并没来过。最终,没人知道母亲究竟在哪里做的头发、是否带的钱都付光了。母亲在家人的笑闹声中却得意地说:"我经过美发店,老板就喊我进去,帮我烫头发,没有收我的钱啊。"听了母亲的话,家人相视而笑。无人相信母亲的叙述，但故事已不可考，母亲开心平安就好。

母亲的状况愈来愈多，虽然终于接受居服员蔡小姐每周固定三个下午的陪伴，不过为时仅半年就结束了。甚至，那段时间，母亲也经常忘了居服员要来就自行出门，让蔡小姐空等许久或白跑一趟。

但是，母亲真的毫无记性了吗？似乎也不是。即使脑部认知受损，记忆显然仍具有选择性。母亲的记忆像个谜，也会有令人意外的惊喜，有时似乎也看事情在她心里的分量而定。

情绪可能也主导了母亲的记忆与认知反应。

像是有一次，哥下午请假要带母亲去医院回诊。午饭后哥对母亲说，他小睡片刻后就带她出门，母亲也回说好。结果，哥起来后，母亲又不见了。哥在附近市场、土地庙找了一圈，不见人影。突然，哥灵光乍现，赶赴医院。果然，远远地，就看见母亲乖乖地坐在候诊区的椅子上，她居然自己找到了诊间。母亲记得今天要看那位非常亲切、最令她安心的医师，只是忘了是儿子要带她去。

那段时间，在蔡小姐不会来的日子里，我偶尔会跟母亲约好下午回去陪伴她。通常，我都是一早趁母亲还没出门时先打电话给她。家人已习惯了，跟母亲约定都要有心理准备她很可能忘记。但是，每次我返家前再打电话给她，每回她都很快地接起电话，然后我会故意不提醒母亲我们的约定，佯装问她："我之前有打电话给你吗？"母亲总是能准确回应："有啊，你早上打过，说要回来。……你要回来了吗？"

每每听到母亲这样回应，我都想掉眼泪。母亲没忘记我跟她的约定，每次都在家等我回来，她甚至因此连上午的健身房都不去了，就怕自己忘记赶回家等我。其实，我每次回去陪伴母亲，并没有特别做什么，通常只是随便聊，她在沙发上坐着坐着也就睡着了，我就在一旁看书、工作。偶尔得空时，我也可能躺在沙发上，和母亲一起睡午觉。只要有家人在一旁，母亲便觉安心，安心就放松了自然睡着。

也许，在母亲不断萎缩的短期记忆库中，还是有优先排序之别，情绪意义对她依然重要，是决定反应的关键。

❋　❋　❋

母亲经历过的白天忧郁，我在治疗后期也深有体会。那段心情陷落时间，每天早晨醒来后我的第一个念头常是："啊，距离疗程结束又少了一天，总算。今天还要继续熬。"

然后，又开始脑茫茫心惶惶的一天。

那是一段时间被庶务塞满却穷极无聊的日子。

进入治疗后期，时间的速度感变得极为缓慢，尤其上午的时光缓慢到宛若停滞。每天早上起来后，我认真细致地执行一连串的身体功课，像是烫牙刷、刷牙、洗脸、吃早餐、再烫牙刷、再刷牙，然后惶惶地做着当天认为该做的事，不是心不在焉就是老牛拖车。接着，又继续认真地吃午饭、烫牙刷、刷牙，然后又不知所措、心不在焉、蜗行牛步。

治疗期间，耗在看医生、排队等待治疗及检查、清洁身体衣物和居家环境的时间很多。如果没有出门开会、约访或去医院的行程，不少的日子就像这样，周而复始地塞满身体照护的重要琐事。

这些周而复始的琐事，让我想到出家人的修行：早课、晚课、早课、晚课，只是他们的目标不是身体的照护，而是心志的约束和自律磨炼。

虽然我做着有如早、午、晚课修行的原因，与心志锻炼无关，但日日重复着固定的身体功课，那种无趣的直接感受，难免冲击内在，不禁也令我朝往两个方向的心智思考，一个是以身体纪律为主的内向关注，另一则是反向思考"我在哪里"。

原本的我，习惯于外在探索和意义追寻；而治疗中的我，无法向外探索，也无力从事以往熟悉的意义追寻。此时，简直有如失去生命的坐标，只剩眼前的生存责任和目标。我失去了由内而外的意义感。

在此之前，我的理性与感知向来还算协调，此时却已各走各的路。我真实体会了什么叫作闷得慌，却也惯性地用抽离的眼光看待自己的处境，分离的状况让我明白自己遇上了麻烦。

所幸，我在母亲身上看到的生命力与韧性，始终让我相信，因为有她的遗传，我应不至于忧郁过度。当我在治疗后期情绪跌落谷底时，好友同样认为，我也拥有自救的本能。

最早清晰指出我的本能、呼唤我看见更多内在能量的，是好友点点。那一天，我就和病症初期的母亲一样，独坐家中感觉闷到慌。但我无法像母亲一样跑出去，当时我的免疫力正低，只适合与人通话，而非走入人群。然而，大白天的，亲友都正在忙，要找人谈心并不容易。无法获得我需要的外界联结意义，让我更感低落。

多年前，我曾思考过失去联结的困顿感是怎么回事，尽管我当时的处境，与生病的母亲和我在治疗期间的状态差异悬殊，但意向雷同。1996 年底，我面临人生第一个大转折点，决定到澳大利亚自助旅行一个月，途中遇见许多来自世界各地的旅人，多数都是和我一样的只身背包客。每个人都有自己的故事，想找人说话时，就看正好碰到谁。当时我对这样的"孤独星球"现象颇生感触，曾随笔创作一首命名为《投手的心情》的小诗，最后两句是这样写的：

没有捕手的海边，只有投手在孤寂漫步。

等不到人来接球，想抛球的人难免落寞。要病人主动抛球，尤其不容易，因为耐心的捕手很少见。闭门羹若吃多了，久而久之，病人可能不敢再抛球，多以滚球为信号，最后甚至不敢抛、掷不出，也抛不动了。

我之所以还敢持续抛球，除了自救的本能尚有余外，好友的耐心更是关键。尤其衷心感谢点点，她总是以充满同理心的姿态，迅速回应我抛过去的球，让我得以有勇气持续抛球。每当我传信息问她是否有空陪我说说话时，只要不是正在上课或开会，她几乎都是立刻放下手边的工作，陪我一段。

点点明白，好久没能享受社交生活的我，无法开启话匣子。因此，她总是极富同理心地主动说话，跟我说她母亲的小摆饰、父亲种的花草、学生的创意等。点点知道她只要说，我就会喜欢听，因为那时我需要的是陪伴，是和大千世界的联结感，只要不是负面能量，内容不拘。她就这样说啊说的，我听得津津有味，还能回报以笑声。这样的对话其实并不需要很长的时间，就能够补给我至少一天的好能量，令我非常感激。

* * *

病人想要的，也许在对象或对话的内容上各有不同，却可能都有一个共同的方向，就是他人能够给予"活在当下"的陪伴。

著名的存在主义心理学与精神医学专家欧文·亚隆（Irvin Yalom），在《浮生一日》（*Creatures of a Day: And Other Tales of Psychotherapy*）中提到他和一位癌症末期患者艾丽的治疗互动，其中两段提及两人各自的想法，令我深感切中要旨。

艾丽面对癌症与死亡有着深刻思考，她在写给亚隆看的笔记中如此抱怨：

对方明明是个对临终认识不深的人，你却不得不跟他解释自己的情况，这种情形我很不喜欢。欧老（指亚隆）则让我很自在，他不怕跟着我一同进入幽暗。……他们动不动就问："你要做多久化疗？"这问题很烦人，他们难道不知道？他们难道不知道我的病是不会放过我的？我需要的是那种可以坦然凝视着我的人。欧老就很懂得这一点。他的眼光从不闪躲。

而亚隆觉得，艾丽让他更为确认了一个原则，那是他从事心理治疗几十年来屡屡从病人那儿学来、忘记，又被提醒的不变原则：

我能提供最有价值的东西，就是我全然活在当下，就只是陪着她。千万不要想去说些聪明智慧的话语。无须去寻找有力的解释让事情改观。你的工作就只是为她提供你完整的当下。信任她会从疗程中找到自己需要的东西。

就陪伴重病之人而言，无论是日常生活中的一般亲友照护，或专业心理治疗的协助，陪伴的基本原则其实很回归初心，就是活在当下，用简单实在的方式给予病人陪伴和外界的联结，就非常足够了。

我本是乐于做田野的人，一向对世界充满好奇，喜欢与人聊天。我虽然有机会经常接触非主流的生命经验，也常被视为对边缘弱势者具有同理心，然而，在生病之前，我从来没有体会过第一次抛球就被点点稳稳接住时的那种心情。那种在长期孤寂中偶获的被接纳感，让我深刻体会到，原来琐碎的日常对话，可能带来如此深层微妙的疗愈感受，哪怕仅是瞬间，只因重回了与熟悉日常的联结。

联结，是病中之人的渴望关键字。

我和母亲一样，我们都需要联结。聪慧善良如点点的亲友，明白日常生活的简单交流分享，便是能给困顿中的我送上的最好联结。

有一回，我就这样听点点说了好一会儿，突然意识到耽误她的工作太久，正觉不好意思时，点点如此安慰我："你觉得难受时就找人聊天，这样做很棒！"她继续说：

跟忧忧一样，把腿抬起来就对了！

忧忧（Sadness）是动画电影《头脑特工队》(*Inside Out*)

里的蓝色女孩，矮胖，戴着眼镜，缺乏自信，经常垂头丧气，主导人类小女孩莱莉（Riley）脑中的忧郁和悲伤情绪。动画中有一段，高挑的黄绿色开朗女孩乐乐（Joy），努力地想把核心记忆送回莱莉的大脑总部，以挽救莱莉的心情。但乐乐和忧忧迷路了，忧忧觉得一定完蛋了，立刻软趴趴地躺下。

好在，在莱莉脑中迷路的忧忧仍有求救的本能。因沮丧而躺平的忧忧抬起了一条腿，就是那一条腿，让乐乐得以施力，把忧忧拖出困境迷宫，拯救了失去所有情绪的莱莉。

很可爱的故事。

点点说："忧忧把腿抬起来，就是求救的本能。"而我主动想找人说话，就是表现了把腿抬起来的能力。

抑郁，是因为断裂，与原本熟悉的生活步调和人际互动断裂，与原本以为属于自己的记忆和能力断裂，与如何度过当下和望向前方的自信断裂。

当断裂的感受出现，若能意识到自己的处境，能够自救或求援的人，改善心情的最佳方法，就是避免持续内缩，尽量往外看。如同点点说的，"把腿抬起来就对了"。

✳　✳　✳

十多年前吧，某日我和一位个性内向的朋友聊天，不知为何聊到心情这回事，只记得我说："我要是心情不好，就出门看看或找朋友聊天，就不会继续心情不好了。"我印象很深刻，朋友的表情带点苦涩微笑，幽幽地回应我："你就是那种不会得抑郁症的人。"当时我愣了一下，我从未如此想过，但我理解她的意思。她是指因为我会主动出门去找人聊天，所以不会真的陷入抑郁；真的陷入抑郁的人，走不出去了。

但是，真的一定走不出去了吗？或者，更重要的提问是，在从走得出去向后退到走不出去的那条界线时，有什么机会能把即将陷落的人拉回来吗？

自救无疑是最重要的能力。无论自己原本的个性如何，能够认识自己的情绪反应，是最好的自救前提，至少能较早就意识到变化，给自己机会以避免持续陷落。当然，每个人适合的自救方式不见得一样，有些人适合往外跑，有些人反而适合安静自我思考，或者，让自己在两种方式之间来回移动摸索，也是一种可能。

无论如何，低落时分虽不好受，但也是与内在对话、认识自我的最佳时刻。自救之前，必须先能够看见自己的处境，所以，向内看和向外看，着实都很勇敢。

除了自救的能力外，当病人处于这种混沌未明的幽微时刻，旁人的态度与反应也可能影响病人情绪复原的能力。伸出援手这个简单的助人道理可说是路人皆知，但是，知易行难。之所以知易行难，不一定是因为缺乏善意，更可能只是由于对身边生命的不敏感，且这样的日常疏忽并不稀奇。

凡人皆有心情不好之际，一般而言那不会成为大问题。但生命也可能遇到较为长期的困难阶段，即使原本乐观开朗的人，也有可能因此陷落慢性低潮，这便是需要关注的生命处境。

亲友可能明白病人的身体处境，却可能忽略了病人的心理处境，仍以寻常的理解或对待来想象、回应病人的言行举止。甚至对病人抛出的心情求援球，可能因觉得无聊或没空理会，而不愿接球。或者，因无知于生命伦理的应对进退，而不知如何接球。

我曾如此错失父亲抛出来的求助球。前一章提到，父亲癌症复发前免疫力大降，当时父亲一定很忧心，但不愿对子女表现出紧张的样子，便以惯常的轻松方式告诉我他长了带状疱疹。我听闻时其实内在很受冲击，却仍用自以为是的愚蠢幽默来掩盖慌张，而不是当下陪着父亲一起诚实地面对状况。

治疗期间，因为自我处境和情绪的位移，对于旁人对病人心情的日常疏忽，我突然看得比较清楚了。其中一次的经验尤其令我警醒，汗颜自己是否也曾因过于忙碌，而变得对他人的迫切需求盲目。

有一回白天我又觉得闷到慌，渴望找人说话，但又正值免疫力低落，只好拿着手机东想西想："这个时候可以打扰谁呢？"虽然有些朋友一直很善待我，但大家都忙，我也尽量避免连续打扰特定的朋友。于是，那一天我写信息请问一位我尚未曾打扰过的朋友，因缘际会，我在生病之初就告诉了她我的情况。平常我打扰人时，可能收到的回应若不是可以立刻陪我一段，就是正忙，看是稍晚打给我或是我去试试其他朋友。但是，这次朋友的回应让我思索良久。

朋友说，她正为了明天的一件事在忙，没有空。然后明天要上课，后天要开会或跟学生讨论之类的事。接着说大后天可以，跟我约大后天再聊。

我相信朋友并非敷衍我，不然无须详细说明，更不需努力排出时间约定。只是，朋友的反应当场带给我的冲击，并非她一时之间无法陪我说话，而是朋友在接收到我心情不好闷得慌想找人说话的信息后，竟以寻常科层体制中常见的办公时间规划安排，来回应我的求助私讯。

在忙碌的工作中，未能预先排进行事历的活动插不进来，这种被事情填满的感受我很熟悉。只是，我未曾想过，就算只是跟忧郁的朋友聊一下，也要按照工作逻辑来排定日期。即使良善如这位朋友，平日很关注正义与弱势，但忙碌却让她对旁人日常处境的敏感度下降。这样的回应令我惊觉，以前忙碌不已的我，是否也曾关注遥远的弱势，却在不经意中怠忽身边之人？

2022 年，已然又充满朝气的我在录制播客《人类学家的眼睛》，编辑要我找出当年的凉山田野笔记，与听众分享。其中一段是我出版 *Passage to Manhood: Youth Migration, Heroin, and AIDS in Southwest China*（后译写为《我的凉山兄弟》）专著的前一年，再度重返田野地时写下的感触。当时的反思让行文至此的我，非常有感，在此记录以为警惕。

　　每年我回来，回来前都会幻想情况可能比较好了，我的论文的论点也许不再存在了，已成为过去。结果，每次回来都听不到好消息。那一代仍是继续不好下去，新一代的都跑光了，也许机会比上一代多，但谁知道他们会面对的是哪些危险？死亡、坐牢、女孩吸毒的事继续下去。

有时我会想，当我写论文的时候，努力以理论去分析，但愈分析就离实际的悲苦愈远，尽管我的确将他们的悲苦控诉到一个更高的层次，但是，其实，所分析的内容也离渺小的悲苦愈远。所以，偶尔回来，再度靠近这种悲苦是对的。否则，我就只会"分析"了。（2009年3月7日田野笔记）

我们忙于望向高处或远方、忙于被工作追赶时，偶尔会忽略一些以为琐细但对我们所关心的人而言可能很重要的事。

✻ ✻ ✻

其实，困顿之人、正值难受之人需要外界给予的，有时或许只是短暂的片刻，无须太久。就算无法夸张地说一时半刻堪比永恒，却得说那样的弹指之间可能是挽救人于陷落的关键时分。

在心情不佳演变成慢性抑郁之前，好比从初期断裂扩大为显著孤立前，仍有一个过渡期。当病人感受到断裂，开始求救，如果能遇到好心人接球，就算断裂仍然存在，病人也许就不至于最终陷入孤立，导致无法抬腿，甚至连滚球抛信的能耐勇气都失去了。

不过，无论能否遇上好心人，自救仍是根本之道。甚至，自救的能力也可能改变他人的回应方式。在英语中，人际关系（interaction）被视为一种化学反应，意即在此。

球在自己手上，他人的确可能选择接球与否，但自己也可以选择如何处理球。必要时，求救之人也须重新学习抛球的意愿和姿势。滚球就是一种能力。

我常想到母亲站在菜摊前人家不理睬她的窘境。以前母亲买菜时经常聊天的菜贩，如今觉得她一再重复问话很不对劲，久了便不予理会。但是，此时的母亲除了短期记忆受损外，其余的语言表达、社交认知、情感和逻辑能力仍大致良好，且她一向自重而不轻易打扰人，却落到菜贩不理、她也不走的境地。

或许，认知能力已显混乱却正在自救的母亲，觉得站在熟悉的菜贩身旁就有安全感，因此顾不得人家的脸色不好看。原来的关系联结就这样愕然地从彼方被切断，母亲的感受一定是情何以堪，却难以反应。我心疼母亲的处境，却也为母亲的"滚球"能力感到欣慰。

　　治疗期间，我也曾有如人饮水的体会，但多数时刻，我算是幸运的。即使偶有不顺，我也明白那将会过去，待康复后，我仍有机会重拾甚至创造联结。所以，我虽能体会母亲的心情，但处境仍与母亲承受的永久性改变大为不同。

　　我衷心感佩母亲的韧性，她遭受如此快速多变的挫折，依然保有自救的生命力。甚至，年轻时坚忍不拔、中年后被生命锻炼得偶显顽固强势的母亲，老年遭逢失智症，却学会了示弱的美德。

　　那种美德，我也在病后逐渐习得。那是一种新的能力和勇敢，不仅帮助了自己，也创造出新的良善关系。

第五章

新的关系

小美的媳妇知道她喜欢看动物频道，转到了企鹅节目和小美一起看电视。媳妇问："妈，上次我们去动物园也有看到企鹅啊，你还记得吗？"小美很有自信地回应："我们那个大水沟里就有啊，土地庙旁边也有人在养，不用到动物园去看。"媳妇笑出声，她知道小美把疏洪道里偶尔可见的水鸟，还有以前人家养的鹅，都想成企鹅了。

　　小美对人事物的类比联结，有一套自己的情绪和认知逻辑，可能是她喜欢的、奇特的、可爱的、形状的、特征的、挂念的、帮助过她的、曾经对她不好的，诸如此类。在不同的时空下，她的联想坐标会突然推出怎样的类比，说不准，经常让家人捧腹，有时则令人摸不着头绪。

　　家人已逐渐明白小美的逻辑处境，大多幽默回应。这时，虽然小美不一定清楚自己又闹了什么笑话，但是看到家人笑，她也会跟着笑。偶尔，小美还会企图替自己挽回面子，跟家人斗嘴："你要是活到我这把年纪，就知道了。不要笑我。"

在家人的眼里，小美不是日日闹笑话，就是找麻烦。所幸，小美和家人都逐渐找到彼此接纳应对的方式。小美最为依赖儿子，他对母亲认知生病后的生活形容就是："每天都在找、找、找，这就是我的日常。"

小美成天掉东西，儿子和媳妇就天天帮着她找东西。在她包罗万象的套房里，可能搜出各种以为遗失的或莫名其妙的物品，像是钱被仔细包在透明塑料袋里粘在墙壁上，从来不吃鸡屁股的小美衣柜里会出现一包这种食物，不知装过什么的塑料袋臭得令人想吐。

母亲节那天，女儿送给小美一个红包，提醒小美的儿子帮忙收好。才一晃眼，小美就忘记红包放在哪里。儿子又帮着小美一起在房里搜寻，东翻西找时，突然，小美问儿子："我们在找什么？"儿子无可奈何地笑翻了。

有时儿子和媳妇找不到东西或搞不定小美，就会紧急电召住在附近的大女儿返家安抚，偶尔也会让小女儿或孙子通过电话隔空转移注意力。掐指一算，密切关注小美且能让她安心接受照护的家人，共有六位，三代共处。然而即使如此，偶尔小美发作起来仍可能闹得全家人仰马翻。

混乱有时很快就过去，有时拖得很久，端看小美的脑袋能否立即和外界接上线。

某个晚上，小美半夜突然爬起来，急匆匆地说要找鸡，口中一直叨念："新娘要到了，赶快煮鸡!"

儿子和媳妇听到声响，赶紧起床询问怎么回事，只见小美急呼呼地要他们不要啰唆，一再说着："快一点，新娘要到了，先烧水!"小美非常着急的样子，令家人一头雾水。

突然，媳妇问小美："妈，你要给你儿子娶小三吗?"小美愣住了，逐渐清醒。三更半夜里，未眠的人笑成一团。

疾病会带来人际关系的变化。然而，除了断裂外，也有修复和新生的可能。这样的改变，不仅包括病人与他人的关系，也包括病人与自我的关系。医疗人类学家凯博文教授照护罹患阿尔茨海默病的妻子十多年后，感想大致可如此总结：

人需要照顾他人，才能成为一个完整的人。

人的生命一定是从被照顾开始。那么，更为延伸思考的话，人也需要进入照顾的角色，才能形成完整的生命照护经验与感受。

照护有如一种拼图式的磨合任务，彼此的性格、情绪与需求皆有凹有凸，如何搭配而让彼此安适，需要双方都能认识并接纳自我及对方。

在疾病的照护关系中，照顾者一定需要很多调整，而病人必须相应调整之处其实也不少。只是，一般来说，照顾者的付出比较显而易见，但由于病人因疾患而来的变动看似理所当然，反而较不易被看见为了接受照顾而主动配合的改变。如果也能留意被照顾者的行为和内在变化，对于照护关系中的双方都能达成完整的生命经验，一定会是正面的伦理与情感交流。

❊ ❊ ❊

2021 年 5 月，台湾新冠疫情大暴发，当时由于疫苗不足、六十五岁以上长者接种顺位较后（依不同时间点的规定被排在第六类或第八类），长者与照顾者的染疫风险都令人忧心。那时，政策公告暂停居家照顾服务员提供陪伴就医、外出等服务，至于单纯的居家陪伴服务，则多因聘雇双方都担心染疫风险而主动停止，失智据点的课程也几乎全取消。

在此情况下，母亲由于白天缺乏照顾和良好的外界活动刺激，状况开始恶化，很快就发展为失智症中度。家人担心母亲，商议后决定大嫂先改为兼职，后来又辞职，由她在家陪伴照顾母亲。

因照顾家人而不得已离职，是相当普遍的社会问题。一般而言，女性最常面对这样的抉择困境。虽然，偶尔也可见闻男性为照顾失能的妻子、孩子或父母而离职。

无论是谁面临"照顾离职"的处境，若能善用长照资源，应有助于提升自己的生活内涵与心理健康。政府的"长照2.0"可以提供部分喘息服务[1]，家庭照顾者关怀总会的官网也可查询到各种支持性服务信息。当然，只有政府政策与企业环境能持续健全公共性的长照资源，增加照顾者的选择权，才能更有效地减少被迫离职以成为家庭照顾者的社会现象。

长期的全职家庭照顾大不易。在疫情风暴中，生活基本上回归家庭，大部分的家庭成员相依为命以渡过难关，家庭内的人际关系变得更为重要。经常听闻的情形，不是摩擦增多更加紧张，就是珍惜当下更为互相理解，而前者似乎较为常见。

我的原生家庭算是幸运的。母亲的子女辈人手多，且能达成共识，由一人主责陪伴母亲，其余人手视情况接替支援。此外，全家经济情况尚佳，要支付母亲的医疗照护与长

1　英文为 respite care，是由政府或民间组织为失能、心智障碍者提供的非机构式照护服务，可供照护者休息及接受专业训练，以减缓照护者的身心压力。

期参与各式课程活动开支都不是问题。还有，家人在珍惜与母亲的相处时光和保护高龄母亲的共同目标之下，让家中的关系反而朝向团结体谅发展，母亲在这样的氛围中，也明显放心将自己交托给家人。因此，不论是哪个家人带她看医生，她大致都能安然接纳，不再像失忆前一样较为固着坚持。

在生命的重要照护时刻，愈来愈糊涂的母亲，却表现得愈来愈有智慧，常能恰到好处发挥示弱的美德，利人利己。

在华人世界中，共同生活的婆媳关系向来是家庭研究的一个焦点，说明这样的关系张力显著。母亲原本就是有点传统又不完全遵循传统的女性，在她和媳妇的相处上，同样也有类似其性格的不一致性，有时表现得一如刻板印象中的婆婆，有时却很体谅包容。婆媳关系虽不至失和，却也是偶有起伏，距离忽远忽近。总的来说，不脱那句老话，和女儿相比起来，媳妇仿佛是永远的外人。

这样的婆媳关系，当母亲的认知恶化后，一开始有如雪上加霜，关系中的阴影或距离被母亲显得偏执的脑部机制放大。每当受损的认知发作时，母亲经常自我推论而出现幻想，只要找不到东西，就因坚信自己已收妥的印象，认定是有人拿走她的东西未还、偷窃她的钱、扔掉她的衣物。这些不安甚至可能让她进一步怀疑有人要将她赶出门，而媳妇就常成为她忧心幻想中的"那个人"。偶尔，其他家人也都可能成为"那个人"。

有时母亲执着怪罪时，家人会如此回应："那我去帮你骂他，把东西要回来。好不好？"偶尔，母亲的人情世故便会适时出现掌控局面，反而会说："哎呀，算了算了，不要跟他讲。"

我回家探望时，母亲常拿出同一件衣服或物品，指称是我放在她那儿的。尽管我说没见过，她仍坚持就是我的衣物，不明白为何我不承认。母亲的认知遭否定时，可能会表现出挫折的样子，她的眼神很能忠实传递她的感受变化，我若见势不对，便会说："那让我继续放你这里好不好？我回来住时就可以穿了啊。"母亲才会释然不再坚持，甚至可能觉得她又帮了我一个忙。虽然下一回，她可能又会拿出来询问我。每个家人都各自拥有与母亲互动的常见戏码。

一个怀疑若未能有效安抚终止，就可能扩大或衍生出另一个怀疑。避免和失智症患者硬碰硬，顺着患者的情绪认知方向引导沟通，对彼此都比较好，而不必在意黑白真相。沟通的内容以友善理解为上，真实与否可能并非重点，毕竟失智症患者不会记得你当下说的话，但会对你当下说的话有明确的情绪反应。所以，沟通的关键是当下的情绪，而不在于当下的是非之辩。

通常，母亲只是幻想，最多私下碎碎念。但是，偶尔想着想着，情绪也可能一拥而上难以控制，甚至也曾因害怕被赶出门或被劝阻出门而失控打人，连母亲疼爱的孙子也挨过拳头。大嫂刚开始辞职在家陪伴母亲时，曾数次面临母亲突如其来的莫名攻击。但当母亲的情绪过去后，她却什么都不记得了，于她而言，不曾发生过任何冲突。然而，即使大嫂明白母亲生病了，未将母亲动手的事放在心上，也仍难免余悸犹存。

那是一个艰难时期，因为疫情风险只能困在家里，照顾的人和被照顾的人都很辛苦。当时，疫病来得急猛，而母亲的病况与家人的应对，宛如照护关系中散成一堆的凹凸碎片，拼贴吻合的时机尚未到来。

❋　❋　❋

所幸，2021年后期疫情警戒趋缓，大姊积极地帮母亲寻找失智据点课程。信息的来源可能包括：（一）医院失智症共照中心的个案管理师，（二）长照 A 单位的个管，（三）

自己上网查询住家附近的失智据点，再致电询问并报名。使用资格方面，失智据点是只要失智症确诊即可使用，不须付费，但各项课程可能需要事先报名。

这些活动不仅让母亲重新接受良好的外界刺激、转移负面注意力，也让家人得以重获喘息。据点的课程愈来愈多元，像是音乐治疗，除了音乐本身能带来愉悦放松的效果外，让老人家配合节拍敲打乐器，有助于刺激听力、眼力、认知与手部肌肉协调功能，对母亲的情绪稳定帮助明显。

顺带一提，有趣的是，母亲的音乐课经常播放邓丽君的歌曲。或许这是台湾北部长辈流行歌的最大公约数？听说南部的版本是《望春风》。让我不禁好奇，母亲这一代人，不论主要操持何种语言，都可能喜欢或至少熟悉邓丽君的歌曲或《望春风》，未来，轮到我这一代人在长照中心里集体玩乐时，我们会有哪些共通的歌曲呢？未来的照顾者会觉得答案好猜吗？

就这样，当家里和外界的支持系统衔接得愈来愈好后，母亲便逐渐恢复稳定，而大嫂本是不拘小节的爽快之人，婆媳关系又渐入佳境。两人每天开心说笑，白日相伴。

2021年底，大嫂因身体检查选在周末住院两夜。那几天，母亲醒着时，每隔几分钟就问一次大嫂去哪里了。全家要出门时，母亲就担心大嫂回来时家里没人在。母亲时时刻刻挂念大嫂，说明她对大嫂的陪伴依赖已深。当大嫂返家时，母亲眉开眼笑。

婆媳相处融洽，而改善的照护关系也明显改变了两人的自我呈现，母亲和大嫂都显得更加自信开朗。看着这样的关系变化，我除了觉得吾家有幸外，再度对良好的照护关系带给彼此的正面影响感到奇妙。

母亲的孙子也是照顾她的特别角色，他们有空时就陪伴母亲说笑、运动。远在外地求学的大孙子，返家的重要动机就是"回家看奶奶"。母亲对孙子的配合度非常高，两个年轻人带着奶奶运篮球，玩着手脑并用的变化游戏，无疑最佳复健。孙子出门吃喝玩乐时，也常自动带着奶奶，母亲也喜欢跟着孙子一起玩。

我常看着母亲的两名孙子，当时一个还是青少年，一个才刚成年，平时俨然桀骜不驯、捉摸不定的天兵天将，总令父母抓狂，却经常拥抱奶奶，对奶奶温言暖语，喜欢大手拉小手牵着奶奶出门逛街拍照。这不禁让我想起，当年母亲一手带大这两个孙子的情景。

两孙娃从会爬、会站时，就开始把家具和墙壁当攀岩场，以各种角度和姿势爬上爬下探索世界。当时母亲一面做家务，还要时时眼角余光留意孙子的攀爬进度，不时出手化解危机。但母亲不曾对小孩大声呵斥或脸色难看，她甚至是全家中对小小孩各种行径包容度最大的成人。

孙子们的成长过程中，母亲端出的菜色也明显开始以小孩为主。知道孙子爱吃炸鸡，又不希望他们去外面购买食材不佳、用油可疑的鸡块，母亲常特别为孩子们在家里做炸鸡。光是选肉、去皮、去脂，切成适当小块并腌制，就全是母亲的秘方，外面卖的全比不上。或许就是这段儿时祖孙互动的心意与耐性，让进入青春期叛逆耍酷不理人的两个大男孩，只要面对奶奶就瞬间变暖男。

这样的祖孙关系让我相信，再孤立难驯的人，当他找到愿意照顾的人事物时，都可能展现温暖的照护灵魂，逐渐迈向成为完整的人之途。

❋　❋　❋

家人尽力以各自的方式照顾母亲，有些方式似乎对母亲特别有帮助，其中一种有趣方式，就是给母亲安排任务。为了不让母亲感到无聊或挫折，任务必须是她可能应付且乐意接下的事。

过年或母亲生日时，最具喜剧性的时刻之一就是家人轮番上阵致赠母亲红包。家人都很有默契，给母亲的红包全都换成厚厚一叠的百元大钞。母亲每次都将红彤彤的钞票摊在沙发上好几排，一张一张地算，每一次算的结果都不同，然后又从头算起。一个晚上就可算上好几回，算了就忘，忘了又算。于是，每隔一阵子，家人就把红包拿出来让母亲算，俨然新玩具，母亲也乐此不疲。只是偶尔，母亲会在家人没留意时，又把红包收起来了，消失物品名单又多上一笔。

母亲细数红包的趣事，勾起我对二十多年前近百岁婆婆的追忆。如今回想，那些年，婆婆可能也有认知障碍的轻度症状了，只是当时的我们完全不知道。印象中是2001年的除夕夜吧，那一年钞票改版，家人轮番送给婆婆红包时，婆婆一打开，看见都是她不认得的崭新钞票，以为我们拿玩具钞票耍弄她，抿着没有牙齿的嘴，生气了，放下红包不肯收。当时家人既笑翻又着急，全家东翻西找，只勉强凑到六张旧旧的百元钞票。那一年婆婆拿到的红包因此变得很少，但她收到"真的"红包时，还是笑眯眯。

红彤彤的钱，即使放着放着就不见，糊涂了的老人家收到时还是很开心。

所以，家人也会搜集"找找看"的图卡，让大嫂当成母亲的日间作业，母亲找齐了，就颁发奖金一百元给她。拿到奖金的母亲就会非常高兴，甘愿继续做作业。

大嫂也分配工作给母亲，例如，傍晚准备煮饭时，会将挑菜的任务交给母亲，母亲也很乐意。要是哪天傍晚没事做，闲不住的母亲还会主动询问："今天有菜要挑吗？"

有一回，大嫂对母亲说："妈，以后日历归你管，你管日历，我管月历。你每天要记得撕日历。"

母亲则回嘴："为什么我要管这个每天的，你管一个月的？你欺负老人家，我们换！"

大嫂说："老人家起得比较早啊，比较勤快啊，所以你管日历。"婆媳两人你来我往的笑闹斗嘴，有益身心。

某一阵子，家人想到的一种任务，就是选个周末帮某位家人跟母亲点菜，以她可做到的熟悉食物为主，像是帮我点蚵仔面线、帮大姊点面疙瘩等，然后由大姊或大嫂协助母亲完成。但母亲也可能做着做着，就忘了点的菜色是什么。

有回母亲就认真地把要做疙瘩的面糊揉成了面团，然后问家人："是要做什么？"那天的晚餐我们就吃了宛如硬饼皮一般的面汤，连母亲自己都边吃边笑说："还不难吃嘛，很 Q。"

患病之前，母亲的厨艺在亲友间享有盛名，曾经有人开餐馆想请母亲担任大厨，也曾有出版社邀请母亲出版食谱。以往家人常把母亲的佳肴当作礼物，邀请朋友到家里吃饭。偶尔我这般借花献佛时，母亲会叨念我："你的朋友是帮你的忙，为什么要我煮饭请人家？"我这辈子从娘胎至今，最长久的身份认同就是母亲的小女儿，这时拿出老幺的看家本领，傻笑耍赖混过去便是。

母亲的食物，相当程度地左右了我的喜乐与忧愁。犹记得年近四十时，某天我躺在床上无所事事，突然冒出个念头："要是有一天吃不到妈做的菜怎么办？"顿时心生恐慌，从床上一跃而起，感到极为强烈的失落不安。

几年前，我曾将这样的忧虑恐慌告诉母亲，母亲的回应充满了人生智慧，她说："等我不能煮的时候，你也到了不该再吃那些食物的年纪了。"从那时起，过了好多年，我才开始慢慢接受了总有那么一天的现实。

母亲失智症状出现后，刚开始还坚持掌厨，但经常因失忆而重复加盐、忘记食材，或因味蕾日渐迟钝而在加味时下手太重，还曾差点让厨房烧起来。经历一段为时不短的挫折后，母亲才终于投降不再掌厨。现在，邀请母亲为家人煮上一道不太复杂的食物，由于还记得每个家人特别嘴馋的种类，那样的记忆太过深刻久远、尚未忘却，母亲能理解点菜的意义，任务接得开心，也不至于太过担忧挑战。

帮家人点菜之类的任务，是为了唤起病人原有的技能或专长，也强调乐趣和机能训练。像这类出言拜托、恳请病人帮忙的要求，让病人感觉备受重视、非我不可的类似"任务"或"课程"，正是许多失智症长照机构都常推广的活动设计。这种思考方向，表现出照顾和被照顾者互为交流主体、彼此帮助的精神，以促成良好的照护关系及效果。

基于这样的互动理念，日本的长照中心便发展出"工作复健"的概念，例如，让失智症长辈贩卖自制便当、接待客人等。高龄长者常有不想给他人添麻烦的低调心态，若仅是单向地被照顾，可能让老人倍感压力，也有损自尊。若能让老人在友善合宜的环境下付出劳力，有助于提高自我认同与生活乐趣。日本的经验发现，"工作复健"甚至可能让轻度失智症指数恢复到普通的状态。

台湾许多"社区关怀据点"及部落的"文化健康站"，常见长辈"共煮共食"的活动，一整个料理过程就是身心手脑各方面的功能刺激与维持。但是，专门办给失智症者的失智据点，则无料理活动。一般而言，日照中心的长辈认知疾病严重程度比失智据点的重，更不可动火动铲。不过，围坐一桌拣菜、削皮、切丁、刨丝，甚至揉面做馒头、饼干等，他们通常都能帮得上忙，且很乐意。老人家一辈子的身体记忆与手感还很牢靠，边做边聊，正所谓"生活即复健"。在中南部农业县市，不只阿嬷，通常连阿公们也很会理菜、削皮，那些都是农务与家务身体记忆的一环。

服务他人，也享受他人服务，照顾和被照顾、劳作和生活的界线若能弹性松动，对于双方而言，都有助于带来正面的心理与精神效应。

* * *

家人常用来激发母亲反应的另一种有趣方式，就是跟母亲嬉笑斗嘴。家人采取玩笑式的语言刺激母亲，就像练剑一样，母亲的回应和语汇能力似乎愈磨愈亮，有时家人都说不过她，常被母亲逗得哈哈大笑。我不禁好奇地想：母亲究竟是"失智"，还是更长智慧了？

母亲何时、何处会糊涂，难以预测，但她很有本事应付尴尬，真正地活在当下。有回吃饭时，我问母亲鲍鱼好吃吗，她边吃边说："好吃，这是什么肉？"那是以往逢年过节母亲经常烹调的食材，此时她已忘记。

当我说是"鲍鱼"时，母亲可能想起这应该是她很熟悉的食材才是，便自圆其说："也是一种肉。"

另一回，家人聚餐后，母亲看着外孙东东先离开，就问孙子："你有比东东高了吗？"

孙子回说："还没，但我比较帅。"

母亲的语言联结反应立刻闪灯，回嘴说："蟋蟀！"

我又问母亲："西帅，那谁是东帅？"

母亲愣了一下，回说："东东帅！我们家西帅东帅都有了！"

有天我看着母亲整理抽屉，一件一件拿出来重新叠好，我抓起其中一件，对她说："妈，你这件衣服太旧了，不要了啦。"

母亲镇定地回我："你有钱，我没钱。"

我自以为很有气势地跟母亲说："那你就靠我啊。"

没想到母亲斜眼瞧我，落下简单一句话："靠你，我早打赤膊了。"当场令我笑翻。

不过偶尔，母亲也会屈居下风。2021年6月下旬，终于快轮到母亲接种第一剂AZ新冠疫苗了，焦虑苦等许久的家人听闻有三十三家医疗院所可以接种，正在商量要选哪一家时，母亲很有参与感地加入讨论："不是有四九家吗？"母亲少说了"十"。

大姊故意闹母亲："你是要去酒家打针吗？"母亲咧嘴傻笑。

哥加入接力又问母亲："你是说医院现在兼做酒家和打疫苗啊？"母亲张嘴笑却吐不出话，暂停几秒后就丢出一句："我不跟你们讲了！"

三个月后，大嫂带着母亲接种第二剂 AZ 疫苗，打完针坐在一旁观察十五分钟，母亲突然说："让我们坐在这里傻等，也不给我们打针？"

大嫂说："妈，已经打过了。"

母亲很惊讶地说："啊，打过了？我都不记得。"大嫂要母亲看手臂上的针孔，还贴着棉花胶带的证据。

母亲的语言和表达能力令家人惊艳，经常进出出人意表的词语，有时是精准的正式用语，有时可能是过去流行的非正式说法或俗谚。在母亲脱口而出的词语中，甚至可能显示不同的族群语言影响。

母亲是客家人，精通海陆和四县两种客家话。但我直到二十三岁，才知道母亲是客家人。二十世纪九十年代以前，客家族群在闽南文化为大、外省政治为主的台湾社会中很弱势。客家人就像是隐藏起来的族群，这也是为何后来会成立复振文化与认同的"客家委员会"。母亲的一生从客语开始，会说简单日语，精通闽南语，年轻到台北打拼后熟稔"国语"，嫁给父亲后甚至学会湖南话。

自小在我的印象中，只听过母亲跟外婆说客语（果然是母语啊），但跟舅舅都说闽南语。母亲在日常生活中也可能说闽南语，却从未跟子女说过客语。所以，我一直误以为母亲是闽客通婚下的后代。直到我就读研究所时，跟着同学去苗栗客家庄做田野调查，回家后才开始听客语广播、学唱《客家本色》的歌曲。

有天母亲好奇地问我："你为什么听这个？"

我回说："我想学客家话。"

母亲似严肃又似玩笑地说："真好笑，你是客家人，不会说客家话。"经过一番意想不到的母女对话后，我才讶异地得知原来我是半个客家人。

母亲的语言能力既有天赋因素，也有文化影响之故。而且，这些生命经历中的多元族群文化和语言词汇，是早年形成的深刻记忆，似乎都在母亲认知生病后的表达上露出端倪。

生命果然不可能船过水无痕。

就像第一章提到母亲出现谵妄时的红丝线故事，那时母亲说的"三刻钟""两刻钟"，应该就是客语的影响，只是母亲跟子女说话时，已经习惯自动将客语翻译为"国语"。

又如某天，哥和我带着母亲坐在湖边，凉风徐徐吹过湖面，母亲有感而发地说："风吹着海好漂亮。"

锻炼的机会来了。我对母亲说："哈哈，你说湖是海，跟大陆人一样耶，他们都把大湖叫作海或海子。"

母亲发现自己说错话，立刻回嘴："说大一点，比较好啊。"

哥继续加油刺激母亲，笑说："那海啸啊。"

不甘示弱的母亲立刻对哥说："……起肖[1]！"（闽南语）我在一旁笑翻了，为母亲的机智拍拍手。

2022 年的正月初二，全家去拜访老叔，母亲看见堂弟便脱口而问："你'马子'呢？"平常母亲跟老叔和堂弟说话时，常使用闽南语，堂弟未料到，这回却被八十岁的伯母用几十年前眷村外省男性流行的"黑话"询问女友的事，惊讶得一时反应不过来，所有人则笑到不行。

为了尽可能延缓母亲的病症恶化，并提升心情和维持反应力，家人经常跟母亲玩语言游戏，用脑筋急转弯的温和方式刺激她。通常，我如果疲累或健忘时，不仅忘事，还常一

---

1 意为发疯、发神经。

并忘记人名或词语。可是被认证糊涂的母亲，虽然不记事，但反应能力和词汇记忆似乎依然良好，回嘴功力常令人拍案叫绝。

❋ ❋ ❋

母亲的词汇记忆库，和她受损的一般记忆力表现形成明显对比。有时，我不禁幻想，是不是脑容量清空不少后，很多沉淀底层的早年文字和语言记忆反而会在某个时刻突然浮上来。

大脑真的很神秘。

一个常见的认知理论也许有助于理解母亲的情形。1963年，美国心理学家卡特尔（Raymond Cattell）即提出"流体智力"（fluid intelligence）和"晶体智力"（crystallized intelligence）来解释人类的认知。流体智力是种天生的能力，像是逻辑推理和抽象思维等能力，主要来自遗传，与后天习得的知识或经验无关。卡特尔的学生霍恩（John L. Horn）进一步指出，这种智力可以"流入"不同的认知活动，包括图形分类、短期记忆、数字和字母的排序与配对、对环境的快速掌握、形成观念和抽象推理的能力等。

晶体智力则是指后天学习到的知识和能力，主要反映经验和涵化的影响。"涵化"（acculturation）是二十世纪初由美国人类学发展出来的概念，原指某一文化体系中人持续直接接触两种甚至更多的文化体系后，所形成的文化变迁和心理变动。它可能是单向地由一种文化影响其他文化（这有时可能会被视为"同化"），但更可能的是不同文化之间的交互影响，所以涵化又常被称为"文化适应"。此概念已广泛运用于各种领域的研究。霍恩认为，晶体智力是流体智力的运用结果加上文化能力而成，可谓经验的沉淀。这种能力的展现包括词汇量、常识、抽象字词的类比、语言机制和应付社会情况的能力等。

这两种智力不同，但互补合作。一般认为，流体智力从童年开始发展，历经青少年到成年初期，即二十岁左右，达到巅峰，之后便逐渐下降。老年人的知觉速度变慢、记不得或不留意与己无关之事、注意力不集中等，都与流体智力下降有关。

晶体智力则显得相反，随着年龄增长而逐渐增加，成年后大多相对稳定。常有的说法是六十五岁左右，甚至更早五十多岁就开始下降。但不少学者也认为，即使六十五岁以后，也就是年届退休年龄之后，若能继续增长知识和参与教育活动，晶体智力并不一定会下降，仍可能随着经验的累积和终身学习活动的进行而持续增长，就是常听闻的"活到老，学到老"愿景。

虽然我并没有科学实验的证据，但从家人的日常观察来看，母亲的情况似乎反映了这些理论。母亲原有的流体智力应该非常佳，而通过流体智力和涵化的生命累积形成的晶体智力也很不错。因此，尽管母亲老化生病了，家人通过语言和表情上的脑筋急转弯刺激母亲，母亲的认知和语言反应也愈显有趣。也许这显示了持续的努力真的对于母亲的晶体智力表现有所帮助。

偶尔我会跟母亲一起，用脚趾头玩剪刀石头布，我竟然常输给母亲。显然，母亲的末梢神经比我这个伏案工作者灵活。年龄对人一定有所影响，但后天的刺激，也许仍可尽量延缓母亲的脑部退化吧。

医疗上的介入协助对维持功能或减缓母亲的退化非常重要，家人也尽力合作调整，并以温和的方式刺激母亲的反应，母亲自己也很配合各方照顾，乐于接住家人刺激她的玩笑招数。

于是，虽然 2020 年至 2021 年疫情紧张期间，母亲的状况恶化，但经过一年多的药物服用和家人的用心照顾，2022

年中时，卫生局照管中心再度评估母亲的情况后，结果核定为二级，比上一次的测验结果四级有所进步。也就是说，就长照评估而言，母亲的测量表现从中度进步到轻度。不论这样的好结果能维持多久，都令家人感到欣慰。

❋　❋　❋

长照据点常用的一种量表为"极早期失智症筛检量表"（AD-8），分为八级。这个量表只是作为初步筛检之用，不代表正确诊断。诊断仍需由专科医师进行。

这个量表最初的设计是要访谈与老人亲近的家人，通过家人提供的信息来判断老人认知功能障碍的程度轻重，并未针对老人自身检测。访问家人的原因，主要是考量在认知缺损初期，病人通常缺乏病识感，即使自觉哪里不对劲，也常未达想要看病的地步。而且，失智症诊断一般是设在精神科或神经内科，老人家看到科别就更排斥，常难以说服他们接受诊断。因此，专家才发展出这个量表，在社区广为宣传，以利及早发现失智症患者。后经研究确认，同样的量表让当事人自己填，效果也不错。

一般提到的老年失智症，多指退化性失智症，属于不可逆性的疾病，阿尔茨海默病是最为常见的一种，另外如额颞叶型失智症（frontotemporal dementia）、路易氏体失智症（dementia with Lewy bodies）等类型也颇常见。然而，不论病因为何，早期的症状表现都很相似，所以都可使用这个量表初步判断，以利尽早初步辨识是正常老化，还是已有轻微认知功能障碍的状况出现。初筛之后，后续可再使用更为复杂的量表去检测。

母亲的阿尔茨海默病是 2018 年在医院诊断确认，过程算很顺利，母亲并未抗拒检测。2020 年中，家人意识到需要医疗之外的协助而分头寻找资源时，我曾多方请教长照专业学者。得知当时母亲居住的新北市中和区，人口非常密集但很缺乏日照中心或失智据点，而既有的少数日照中心都是爆满。那时，2017 年起开始推动的在地老化"长照 2.0"政策起步未久，服务还不普及。但 2021 年时，更多的失智据点和日照中心陆续成立，家人已可针对母亲的情况，轻松选择并申请课程和服务。

发展委员会在 2020 年推估，台湾将于 2025 年迈入"超高龄社会"，也就是六十五岁以上的老年人口将占总人口的百分之二十，甚至预测，未来四十年，台湾少壮人口减少、高龄人口攀升的速度，可能将居全球之冠。在这样的人口趋势下，台湾亟需建置居家和社区型的照顾体系，"长照 2.0"实乃必要的良善政策，且仍须持续改善。

台湾社会各界也已在不同角落展开高龄照护行动。我曾参访过的民间行动，其中两个组织尤其令我印象深刻。一个是云林县老人长期照护协会的"月亮团体家屋"，在那里的老人生活得很有尊严，表情都很放松自在。记得有位阿嬷的床上躺着一个假婴儿，还盖好被子。工作人员说，阿嬷把它当成自己的孩子，偶尔其他老人会讥笑她说婴儿是假的，阿嬷都不予理会。工作人员说，阿嬷应该也知道那不是真的婴儿，但情感却很真实，似乎有如孩童与玩偶娃娃的依附关系一样。阿嬷游移在模糊的虚实之间，并不影响生活，情感有所依托而显得情绪稳定，工作人员因而从不戳破婴儿的幻象。

另一个组织是台东的"都兰诊所"。余尚儒医师和日籍妻子五十岚祐纪子一起，汲取日本的理念和经验，从台东开始实践与推广在宅医疗，设立诊所。之后，他们又联合志同道合的朋友成立"台湾在宅医疗学会"，如今全台已有众多医疗人员加入推广居家和社区医疗服务的行列。

2016 年，"卫福部"正式推出"全民健保居家医疗照护整合计划"，也与"长照 2.0"计划衔接，加上民间蓬勃发展的大大小小医疗及照护行动，逐步共同架构起让台湾共老共好的照护网。

2021 年起，家人明显感受到，照护网逐渐接住了需要被照顾的老人，以及需要喘息的照顾者。虽然不同地区和个人的情况也许不尽相同，但服务网络的确陆续增长，希望能带给更多病人与家属亟需的支持。

母亲定期回诊就医，很信赖医师，医师也很关注母亲的情形，甚至会留意母亲的照顾者。通常，都是由大姊、大嫂或哥陪伴母亲就医，但若他们都不得空时，偶尔也可能由我陪同母亲去医院。记得主诊母亲阿尔茨海默病的神经内科医师第一次见到我带着母亲进诊间时，她不是直接给母亲看诊，而是询问我是谁。从对话中看得出来，医师对母亲的照顾者都很熟悉。这样的医病关系，让母亲和家人都非常放心。

有一回，母亲进入诊间时，她的心脏科医师甚至主动和母亲握手，两人就来回地握手、击掌，母亲笑得非常开心，那个画面令一旁的护理师和家人都觉得好笑。离开诊间时，母亲还很有礼貌地说："谢谢老师！"她忘了自己是在医院，也显然是"长照 2.0"的课程上多了的反应。

神经内科医师定期让母亲做测验。在医院进行的测验，家人并不会知道具体分数，但通过母亲能否获得健保补助处方药"安理申"，就可知道母亲是平稳或退步。若母亲"考试"退步，就无法再获得补助，因为健保规定认为那表示该药物对病人无效，若还想继续服用此药，就得自费。2021年8月疫情高度警戒过后，母亲状况恶化，测验退步四分，超过健保允许的两分退步范围，但家人仍自费让母亲服药。三个月后，母亲再度接受测量，成绩进步了，才又恢复健保给付。

母亲的病况恶化，有内在的病因之故，也受到疫情导致外界刺激降低的影响；而母亲的进步，则与医疗照顾、药物效力、长照服务和家人努力都有关系。把医师、病人、家属、健保、疾病测量、疾病症状的捉摸不定等因素都纳入照护系统中考量，这张网若任何一处破洞，病人都可能跌倒掉落。

照护之网的编织着实不易。没有家庭内的合作会很困难，但光靠家庭自求多福也不可能。这是社会性的课题，需要各个家庭和集体社会的协力面对才能解答。

＊　＊　＊

　　家人的共同目标，就是让母亲的晚年感到幸福快乐。在这个过程中，我看见家人也因此感到幸福快乐；而我自己，也在探问何为照护的思考中，朝向迎接人过中年后仍能探索自我和世界的准备。在这个过程里，我感受到的一个关键转变，就是认识了示弱的美德。

　　在此我所谓的示弱，不是指无端的屈膝、投降或依赖，而是明白在生活中大可以放下且无愧于心的时候，不用因循习惯或偏好而执着，愿意将自己交托他人，追求生命的顺服。这种能力的获得，需要觉知、体悟、学习和锻炼。有些人也许本来就具备如此可贵的能力，而鲁钝如我，在母亲和我同时生病后，才逐渐看见这个生命要理。

　　生病之后，我很快地开始学习这种示弱的美德，任何愿意主动提供协助的，我几乎来者不拒。治疗和康复期间，我接受了非常多的各式协助，有实质的、精神性的、象征性的、持续的、巧遇的、偶一为之的。

　　我深刻体会到，人应该至少要对某个人或某种生命示弱，不论是上帝或佛祖等神圣对象，或是伴侣、亲人、尊敬的人、投合的朋友、喜爱的宠物等。示弱带来的是照顾和被照顾关系中的礼物交换。

人与人之间的生命礼物交换，并不适合一手交易完成的形式，而是不知何时何地才会完成的你来我往。如果因不安、面子或各种原因而坚持立即的一来一往，容不下赠予和受赠的分量或时间落差，也许那该叫作交易，而非我所说的生命礼物交换，亦是不解示弱是一种表现勇气的美德了。

治疗过程中，我获得的诸多礼物还有待机缘反馈，未来不论可能是反馈给个人或这个世界，我想应该都算是良善结果。其中，老师送给我的礼物尤其慎重珍贵。生病之前，老师就常对于我许多可能显得"逆流"的抉择给予我很重要的道义支持（moral support），但以前的我过于独立坚强，虽然感激，却其实并不真正明白道义支持的分量。治疗期间，老师再度给予我无价的道义支持，以及基于此而来的照顾，我才在病弱的流光中捕捉到眼睛看不见的意义。如同《小王子》的经典语录启示：

真正重要的事物，用眼睛是看不见的。

从生病到重生，我的旅程印证了凯博文的说法："人需要照顾他人，才能成为一个完整的人。"于是，生命的礼物交换，成为我康复后的新功课。我决定继续学习更高层次的示弱美德，将自己交托，进行人生下半场的照护实践与探索。

第六章

新生活的意义感

小华搬家了，她请哥哥带母亲前来新居过夜。生病后的小美外出时常有"日落综合征"（sundown syndrome），夜晚来临前，容易焦虑沮丧，总喊着要回家。这一天也是。还好有儿子在身旁，对小美来说，勉强像是移动的家。

小美在客厅跟小华一起看电视，不时把头转向餐厅，看见儿子在跟老师聊天，稍微安心了些，渐渐地，就在沙发上睡着了。儿子把母亲抱上妹妹的床。

小华睡在母亲旁边，担心她半夜醒来不知身在何处会慌张起身而跌倒，整夜浅眠，听到动静，立刻睁开眼睛。就这样迷迷糊糊地过了一夜。

天亮了，光线钻进窗帘缝隙唤醒小华，小华看向母亲。小美好像感受到旁边有人，也醒了过来，转头看见小华，眼睛瞪得大大的，用手敲着小华的肚子："你什么时候偷爬上我的床？"小美根本忘了昨晚来到小华住处，还以为自己身在家里，是小华回家来看她。就像记忆中，小女儿回家时都是滚上她的床，和她一起睡。

直到小美瞧望天花板，才发现原来这里不是自己的房间。小美正感到困惑时，看见半掩的门外一个身影从对面房间出来，走进另一扇门。小美转头悄声问小华："那是谁？"

小华低声说："民宿老板。"

小美眼睛睁得大大地问："我们出来玩啊？"

小华微笑："对啊，昨天我们带你出来玩。"小美似乎正准备相信时，那个身影又走了出来，她迅速转头看，又立刻转回来低声说："那是黄老师！"口吻就像发现新大陆似的。小华惊喜于母亲没忘记老师。

小华决定和老师一起生活了，刚搬进新居，所以邀请母亲及家人来玩。但前一晚来访女儿家之事，小美早晨醒来时已忘得一干二净。

老师询问小美早餐想吃什么，小美却只顾着张望四周，看见电脑和书柜，表情狐疑地问小华："这间民宿好像是家？"

小华笑说："很像家的民宿啊。"

小美又悄声问："黄老师也住这里吗？"

小华回答："是啊。"

小美没再说话，自顾自地偷笑，找了张沙发坐下，继续东张西望。小华问母亲："要不要出去走走？哥还没起床，我们先去散步？"小美顺从地同意了。

母女俩在花园里手牵手，小美突然问小华："你认识黄老师吗？"

小华觉得好笑："认识啊。"

听见女儿的回答，小美的语气显得释然："啊，我以为你不认得，想跟你介绍。黄老师人很好，很有风度。"小美喃喃自语，思绪跳来跳去："你跟黄老师在一起，妈妈就放心了啊。你不知道妈妈就担心你没有人照顾，你们在一起妈妈真的可以放心了啊，以后我就去见爸爸，也可以跟他交代了啊。"

小美愈讲愈兴奋："黄老师人很好，他这样的人很少，你要对人家好。"然后一再交代小华要如何跟老师相处。小华牵着母亲的手，仿佛女儿出嫁前夕聆听母亲的叮咛。

母女俩在花园里散步近一个小时，小美从头至尾都在讲这件事，一再强调终于能放心了。小华觉得很神奇，心想，母亲不记得的人与事很多，甚至不记得女儿生过病，刚说过的话也转身就忘，但对女儿的挂念和今早的事带给她的好心情，却实实在在进入了母亲的念头中，萦绕不去。一旦某个人或事解套了她的担忧，哪怕已忘却细节，母亲也已抓住意义，感受入里了。

小华发现，原来，幸福是种感受，而不是需要记住和分析的概念。

似乎是失智症的影响，好情绪一来挡不住，兴奋加成。小美返老还童似的，一再钻进花丛里，比出开心的手势。小华在新生活的社区花园里，为因兴奋而喋喋不休的过动母亲留下欢乐身影。

日常生活中，我最喜欢的某种时刻，就是当肥皂快用尽时，拿出一块厚实暗香的好肥皂，等待替换。这个微不足道的琐事常带给我奇妙的感受，宛若一个不经意形成的小仪式，让我期待新一回合。

心情节奏的改变，正是仪式的目标。在人类学的眼光里，生活中的仪式时刻几乎无所不在，可大可小。其中，"通过仪式"（rites of passage）尤其具有蜕变的作用。常见的通过仪式，像是婚礼、受洗、成年礼、毕业典礼等，这些仪式的共通性便是都包含了三个阶段：分离、过渡与整合。

过程大致是这样的：经由仪式，让参与者离开原本的结构性位置，暂时脱离既有的价值规范或行为情绪，最后再象征性地引导他们进入新的阶段，完成跨越，成为某种"新"人。

在整个通过仪式中，最引人瞩目的是被称为"中介阶段"的过渡期，这是在离开旧秩序之后与形成新秩序之前，一个令人深思反省的阶段，可能令人兴奋期待，也可能令人惶恐不安，也或许两者皆具。

以前我从未想过，这个我再熟悉不过的人类学概念，竟然呼应了我的疾病治疗与康复过程。

罹患癌症，几乎不曾被视为一种通过仪式，因为仪式多指涉被刻意创造出来的活动。然而，当自己走过一遭后，我却发现，得以康复的重症治疗，其跨越仪式的脱胎换骨效应，反而可能比欢乐的仪式更为明显。

蓦然回首，经历身心灵的阵痛时，我从彻底思索并挣扎调整了自己的爬行姿态，逐渐重新稳定站立，到跃入眼前的新生活，一路艰辛的探索充满了喜怒哀乐的滋味。当中，有段时间我陷落忧郁，正是因为尖锐地看见了自己的匮乏。

如今虽已事过境迁，我仍然感谢自己不曾放弃探索自我，虽然当时并不好过，但阵痛却是促成日后转型的最大动力。我满心感谢，翘首期盼新生。

✿　✿　✿

"这是人生的中场休息。"

我开始接受治疗时，一位朋友在闲谈中对我说了这句话。我自然明白朋友是在安慰鼓励我，但我也确实瞬间领悟了这句话的意义。

如果把人生的上半场比喻为旧秩序，下半场是新秩序，在这个有如中介阶段的半年治疗期间，我要如何自处才能顺利过渡，平安走入下半场？只是，知易行难，有所领悟不一定就能实践。

在过渡阶段中，由于我拥有的经验工具都是旧的，受限于既有的能力与感受框架，所以在意义与感知的移动过程中，我曾饱尝自知不足却不知所措带来的无助感。虽然，明白道理有助于我看见自己悬在哪里，也知道该转向哪个方位，但仍是步履维艰而逐渐迟缓，甚至停滞。

就这样，我的中场休息，前期靠着既有的能力和乐观，顺利过渡；中期却逐渐感到新旧能力与意义青黄不接，开始不知所措，经常感到无聊和疲乏；进入末期时，我简直成了一团烂泥，尽管仍能勉强对工作与生活有所交代，但沮丧无力忧郁一齐报到，度日如年。直到化疗结束，才又恢复活力。

是否每个病人，尤其癌症病人都得如此辛苦地走一遭？我深感并不一定。甚至也以为，即使未罹患重症，不论原因为何，内心若受伤或生命出现瓶颈了，同样可能走到这一步。归根结底，问题与答案必然都和自己有关，唯程度差别而已。

我相信病人都各有费力之处，只是个人的心性与机运皆不同。有些人也许智慧和乐观俱足，即使重病或一时困顿，也不至于陷落忧郁。有些人虽然一时运气不错，重病康复后却可能毫无改变，依然故我，或许长期也好不到哪里。至于我自己，因为既有的心性倾向和能力限制，治疗期间吃了点困顿苦头；但运气还算好，仍有意愿突破盲点；更重要的是，亲友的良善回应常让我深受启发。

记得有一天我又感到忧郁时，正巧接到大陆友人彦彦来讯问候，我便告诉她生病之事，彦彦立刻改为通话。听到久违老友的声音，又唤起了我无法到大陆做田野的感慨，我忍不住红了眼眶，跟彦彦诉苦自己每天早上起来都觉得很没意义，不知道要做什么。未料，电话那端传来彦彦的笑声："绍华，你太较真了！"彦彦也曾罹癌，虽然未经历化疗，但身体仍是折腾了一番。她说："生病了就休息啊，还想什么意义？"

彦彦一语中的。较真，就是太过认真，这既是我的长处也是罩门，我知道它得用在合适的时空才会是美德。治疗之初我便明白，此时的我最不需要的就是较真。只是，一路上，我还是无法不思考，"那我想要什么？"

已习于既有意义的我，即使愿意转向，如何能说变就变啊？当时的我虽已明白自己的困境所从何来，只是，调适观点与学会新能力都需要时间。我渴望改变，但还卡在中间。

阵痛难免，不仅是因为治疗带来的副作用，还有脱离社会联结而勾起的寂寥不适，更是因为我找不到让自己得以安顿虚弱身心的方法。以往我会安顿自己的方式，此时大多不合用或失效了。

一言以蔽之，"生命中不能承受之轻"的那个"轻"，是令生病之初的我得以放下而顺利治疗的重要原因，也是治疗后期让我心绪迷惘的根本原因。问题不仅是轻与重的内在衡量，更在于尽管我擅长分析"轻与重于我而言究竟是什么？"之类的概念和意义，却拙于完全放任交由身体去感受概念和意义。

以前的我，过于在乎外向型的心智意义，追寻知识、思想与分析的力量，督促自我要做个对社会有用的人，因而轻忽了其他生存本领的重量，忘却了那些以身心灵幽邈触动为主的、不靠言说分析的感知意义。于是，治疗期间，我就从放下外在重量而感到轻松，到逐渐失去内在重心，变成轻飘飘的虚无感，而至陷入不知身在何处的恐慌忧郁。

　　大半年里，随着身体接受治疗，平常追求知识与深思分析的脑袋也不得不跟着放松。有些事，我学会了不较真，难得糊涂；有些事，我还拿捏不住，磕磕绊绊。

　　接受第一回合化疗时，我将自己的住院和治疗当成田野，每天在小笔记本上做记录，一来出于研究惯性，二来也没别的事想做。有一天我又在记录今天注射了什么药、我有什么身体反应时，好医生看到我在病床上拿着小本子写啊写的，淡淡地说了一句："有什么好记的呢？这不是研究。"我抬头看着他，愣了一下，想一想，他说得也对。

　　之后，我虽没有完全放弃记录，但不再认真，只挑重点写，有时甚至可能短得像五言绝句，就差没只记下关键词。如今回看有些过于简短的笔记，都不记得那是在写什么了。

　　因为不想较真了，所以治疗一开始，我就决定将自己交给好医生和医疗团队，并不会上网查询病况、用药副作用或存活率之类的。但我认识几位病人，非常积极上网查询资料，认为"自己的身体自己顾"，不能全信医师。诚然，每个人都有安顿自己的方式。而我选择不在这件我无能为力的专业之事上较真。

后来有次遭遇的上网意外，如今回想已成笑话一则，当时却真切地让我体会到，不懂的事，少知道、不较真，或许是件好事。尤其，网络上的信息和人际互动质量，对于身心较为脆弱的病人而言是否有益，值得留意。

　　长话短说，有一天，我简直就是被网络的算法摆了一道。我只是要查询"预后"（prognosis）这个医疗名词的英文，没想到网页突然跳出一则由台北某家医学中心贴出的淋巴癌预后评估信息，内容很诡异，跟我之前从正式医疗渠道中获得的信息很不同，断言似的将我所知的存活率大砍一半。

　　我被这样莫名送到眼前的网络信息吓了一跳，顿时发挥研究精神分析一下：这篇短文的写法充满医学术语，不像一般的卫教信息，但又过于简化粗糙，不像正式的医学研究报告。那么，这样的信息到底是要给谁看的？为何放在病人得以查询的网页上呢？

　　理性和感性难免分家。虽然我对这则信息充满怀疑困惑，但因它来自医学中心的网站，我还是遭受了打击，本来信心满满的我突然觉得前景堪虑。这则信息让在治疗后期原已闷闷不乐的我，终于在精神医师朋友的建议下，走进了专门照顾肿瘤病人的精神医师诊间。一坐下，我就跟医师提起那一则令我沮丧的信息，医师也将之记录在我的病历上。

之后，某天回诊去看主治医师，一走进诊间，我还没开口打招呼，好医生就说："你看到的信息是错误的！"我愣了一下。原来好医生看见精神医师记录的病历，就告诉我正确且乐观的存活率，还加上一句："我就说你为什么要去看精神科？"好医生也觉得奇怪，为何那间医院会贴出不清不楚的误导信息。

大致而言，治疗期间，我本能地不想动脑，本能地想往与熟悉的生活和工作形态相反的方向走去。虽然，我知道一时也不可能走远，毕竟人在江湖，我仍得工作，仍得交代，而且，病中要学会新能力、跑向新目标，毕竟更困难。我就暂时只能这样，顺着直觉走，不愿看自己书架上的书，而朋友寄来陪伴我的书都符合我原本熟悉的类型，翻阅时我常感到意兴阑珊。

这种时刻，只要客观条件许可，我宁愿瘫在那里，告诉自己：我的前半辈子已经尽力费神地动过脑筋，无愧于心了，我现在要休息。

于是，我也没有接受朋友的写作建议。他们想帮我寻找我可能认为有意义的事做，要我以医疗人类学者的身份，在社群媒体上分享生病的经验想法。医疗人类学擅长思考分析生老病死苦与乐，以往我也写过一些通俗文章。但是，治疗中的我一点都提不起劲书写。

很多人以为，病中书写或疾病回忆录是一种创伤书写，有助于平复。也许有人确实有此感受。但对我而言，那时全无书写自己的渴望。即使今日我终于书写了自己的疾病叙事，也不是为了事后才来抚平创伤；事实上，在康复的过程中，我已经超越了创伤。于我个人的疗愈而言，事后是否书写并无差别，甚至书写还成为我追求新生活时的负担。这回的书写，算是个意外，之后会再聊到。

那治疗中的我，是什么状态呢？当时只有难以言说的感受，如今事过境迁，我才能清晰描述分析。疾病当下时刻，我只想任性、全心地当一个病人。病人的意思就是字面意思：正在生病与接受治疗的人，需要休息，需要放下，需要脱离，需要关注自己。处在那样的状况，我完全不想写稿。尽管我常被自己驱使或被邀请投入公共书写，但我一点都不想在需要休息的时候还得以身为度扛责任。

那时的我，正企图放下一切外于我身体的知识、观察、分析的重量，向内移动，仿佛从客体化的大视野，转为主体化的小感知。

让自己客体化，不论是通过宗教、思考还是助人等各种方式，也许确实能协助困境中人渡过难关。对于有些人而言，归属于外于自身的庞大组织或世界，甚至通过失去自我感以跳脱自我，也许有助于跳脱出自我的痛苦。

然而，重视公共性的我，已经太熟悉跳脱自我、与庞大世界联结的感受和意义了，我反而想要暂时收回触角，找回自我感受。虽然，我也并非完全放弃运用那些跳脱自我的方式来短暂协助自己。像是治疗期间，我偶尔也会看不同宗教人士撰写的书籍；记下随机想法，也是因我仍保有一定的思考与研究惯性，明白完全过渡后也许某天终将看清来时路，才有可能甘愿回望。

我心知肚明，若欲定锚这段日子的意义，只可能在未来，不在当时。当时的我实在不想努力了，只肯用最少的力气留下雪泥鸿爪，只想认真任性地"成为病人"，不愿考虑学者身体的公共性，不再企图以身为度。

❋　❋　❋

就这样，治疗期间，我顺着直觉让内在世界缩得很小，有如受伤动物的本能反应，但求专注在自己的身体上，专注于感知身心的变化，好发展出照护自己的节奏和方法。

只是，当我把可能放下的都暂时放下后，在生活的投入和意义的创造上就显得青黄不接，我也就不得不面对放下后的虚空感。

我原有的生活忙碌不已，接受治疗后，突然空出大把与自己独处的时间。刚开始觉得这样很好，但一两个月后，我就惯性地想要填补"空白"。但是，为时半年的孤岛生活，和寻常日子中那种为了休息宁静而追求的暂时性独处，完全不是同一回事。以往，我非常渴望，也擅于在片刻的独处中自得其乐。然而，一旦长期独处，几乎每日都难免聆听身体的感受和所思所想，我被迫直面自己的内在限制。

以前的我，自认适应能力强，直到这一段中场休息才发现，我还大有必要学习生命的调适力，而非只是应对不同生活的弹性能力。真正挑战我的，并非生活的困难或变动，而是生命形态与意义的骤变。

在生命的意外之中，我看见了自己的新功课。只是，我交不出作业。

我知道很多病人在化疗期间会追剧、读经、看书、写字、绘画、打坐、运动，或做些别的事。但对当时的我而言，这些我原本也可能会做的事，却几乎完全引不起我的兴趣。甚至我对自己原本擅长或喜爱的事，如读书、写作、看电影，反而特别排斥。

犹记得，我站在自己的书架前，觉得除了漫画以外，竟然没有一本书好看，心想："为什么我都看这些书？"我惊讶于每一本书的磅数与社会分量。原来，那么、那么沉的重量，都挤压入我的脑和心了。我头重脚轻，难怪重心不稳。

我并不是认为以前重视的书都不再重要，而是那时的我渴望不一样的意义感受。疲累虚弱的我想暂时放下文以载道，即使主题为艺术、电影或音乐等也是如此。但是，我又对全然无脑的内容难生兴趣。

好看的漫画和动画最适合过渡阶段的我。我一直都喜欢漫画，因为有些主题内容明明很深刻，却是通过轻一点但不轻浮的形式，以夸张的肢体和表情传达直觉性的感受。这是无法负"重"又不耐"轻"的我，当时最乐意打发时间的类型。

我需要重返以身体和直觉导引的感受能力，来平稳我失衡的重心。这时，我最想做的事，就是聆听内在。然而，这种时刻我却也发现，自己缺乏聆听和回应内在的多元能力。我熟悉社会性思考和分析，却不善于身体性直觉。

我的空虚恐慌和填补渴望本质上是一致的，想要脱胎换骨，但在过渡阶段中，我就像是处在探索身心灵方法的空窗期。

治疗进入后期时，我的体力显著衰弱，又面临身旁亲友不告而别的见弃打击，当然还有如前提及的上网意外等各种小事，往往令我更加沮丧。我知道那些都不是要事，却拿自己的心情没办法。

失去实体社会联结的我，又未能快速重建内在联结，那两个多月的生活，度日如年。虽然我还是持续工作，但内心感到勉强、寂寥、无趣。如果某一天我不需为了医疗或开会之故出门，或因免疫力下降而不方便出门的话，那一天的我就会感到无聊空虚。

"意义"于我有如紧箍咒。如此狼狈的我才发现，原来自己对意义的认识单调而不周全，我还一直以为自己的意义感十足呢。殊不知，当我的生活简化为一个单纯的人，尤其是一个病人时，我才开始饱尝意义的匮乏感。

尽管我意识到了问题的根本，但当时的我沮丧无力，并没有能力自己站稳脚步，依赖心变得很重，与我原本的自我和人设形象大相径庭。

❋　❋　❋

　　成年以后、生病之前，我最充分运用的身体自主部位，一是脑子，二是眼睛，再来就是不断打字、滑手机的手指头。想象一下，如果来个夸张的涂鸦，那会是什么样的身体？

　　曾经，我自以为头脑还行，善于走路，经常做田野，喜欢爬山和健身，偶尔也打打球，四肢还算发达。开始接受治疗后，我日日都得面对身体的需求，忙于应付，也无体能投入费力的运动，才感叹自己如此不熟悉软性的身体技艺。此时方知我对身体的认识和运用，实在很不平衡。

　　我的处境令家人朋友感到心疼，大家只能尽量以补破网的方式，勉强拼凑对我的协助。当时，老师并不住在台北，本是鞭长莫及。但我的心情每况愈下，老师实在看不下去了，常在百忙之中赶回台北探望我。

　　老师对我的照顾，一言以蔽之，是有如天降甘霖般的道义性与实质性支持。他不擅长聊天，常不知要跟我说什么，但光是帮我煮饭或陪伴，就能大幅提升我的士气与心情，令我铭感五内。

　　我印象最为深刻的记忆是，老师会尽量把握机会陪我出门散步，他觉得我再无力，都必须活动，不能一直"坐牢"。天气好的日子，老师尽可能在傍晚前赶到，趁着还有阳光时，领我出门散步。老师会拎着一升的水瓶，每走到一个固定的点，就要我喝一次水，就这样，走了一两公里的路，就可喝完一升的水。大家都说，化疗病人要多喝水，排毒；但喝水也不宜超量，散步后喝水，是最佳时机。我跟老师开玩笑说："别人都是遛狗，你是在遛我。"

狗狗放风遛达时的好心情，我充分体会。

我向老师表达感激时，他常说："你还年轻，不能放弃啊。"他的话令我眼泪直落，也让无法照顾我的家人由衷感谢。疫情以来，母亲都忘记了原本陪伴她的居服员，却依稀记得老师对我的照顾。但至于老师为何照顾我，母亲也不记得了，也没想过要细究，她对很多的失忆已经投降放下。母亲就记得她对老师的感谢，记得她希望我能有人照顾。那样的担忧和感激之情深印在母亲心中，哪怕她已忘却缘由。

母亲的失忆经常无损于她的快乐感受。诚然，偶尔母亲想要记起却徒劳无功时，那样的时刻可能是懊恼的。有时母亲不记得为什么她会有某种感觉，她想不起原因，但她仍有感受。通常，那样的时刻，如果感受是伤心的，她便可能困惑难受，甚至默默流泪；如果感受是快乐的，她就会进入莫名所以的欢愉状态。

失忆的人仍然会为了不记得的过往而哭泣、微笑，即使记忆散去，身心的感受仍在，仍可能保有意义的内在联结感。至于引发联结的关键何在，有如谜语，需要旁人的观察与探索，才能找到打开理解之门的钥匙。

老师在母亲心中引发的联结感很正向，那就是，她可以放心女儿了。

＊　＊　＊

母亲的脑子很神奇，也让我看见我需要的新意义可能在哪里。

原来，幽谷之后可能是座桃花源。但要能通过幽谷，不让深沉的阴影成为常存的感受，以至于看不见桃花源，能否掌握放松与快乐的方法是为关键。于我而言，看见自己对那些方法的需要，并开始学习那些方法，是在困顿中才觉察的事。

我还需要追寻让生命安顿的新意义，应该是内化纯粹而来的身心灵快乐，而不仅是需要经由思想或理性折射的追求。后者我已具备，前者仍显著缺乏。

康复后的我才发现，一辈子于实实在在的生活中翻滚历练的母亲，虽不曾追寻我所追寻过的意义，却可能很早就具备了放松与快乐的方法。至少，在她的身心反应上，我看见那样的能力。

母亲正在走向圆满的路上，她内在联结的重心稳定，即使缺乏外在的意义与记忆，也能展颜宛如赤子。

我衷心向往啊，那是生存所需的本领。我本能地知道，我应该有能力追求那样的本领，因为我是母亲的女儿。就像确诊后母亲对我的打气："妈妈可以，你也可以的。"

而且，毕竟我也努力实践过不同的生命意义和方法追求，经验依然重要。如同美妙的四季流转，得靠植物界在前一季的奋力坚持，才有可能成就新一季的好风景。现在的我早已恢复健康，甚至自觉身心灵状态比生病之前都更好，应更有能力追求利人利己。

有一天老师身体不适，我陪他前往医院检查，当我拿着检查同意书交给坐在一旁休息的老师，看着他打起精神在那份只能由本人或家属签名的文件上写字时，我不由自主地掉眼泪。那样的场景，与我隐瞒家人自行去医院开刀检查时一模一样。我尝过在医疗系统中独身的滋味。

经过数年在康复之路上的反思、探索、调适、感受和承担，我对于何谓意义与生命的礼物交换，已有不同于过往的体悟。我决定从被照顾者，蜕变成既被照顾也付出照顾的完整的人。

✳ ✳ ✳

在花园散步时，听着母亲一直称赞老师，我突然觉得好奇，问她："老师年纪很大，你不介意我跟他在一起吗？"

母亲的回应出乎我的意料，她说："我又不是你，我在意什么？"母亲的表情显得好像是在笑话我，然后又补上一段："人家年纪是不小，但身体很好，看起来像六十岁的。……你的身体也就只有那么好，比我还老的样子，那不是跟人家差不多吗？"

母亲不记得我生病，但仍存有我身体不好的印象，她想说服我不要犹豫。"你们好好地过日子，就互相照顾，以后人家年纪更大了，也要照顾人家。……但是，我看他的身体这么好，应该没有问题。"

母亲令我惊艳，她的记忆常断讯，但逻辑能力依然优秀，如此看透人情世故。

过日子，是啊，那不是用理念意义，而是由感受定义的三个字。

我们散步回来，坐在餐桌上等着享用老师准备的早餐时，母亲先是以眼神示意我去厨房帮忙，但我起身后，老师就要我回座，我便坐下。没想到，坐在对面的母亲笑眼瞪我："你啊，歪嘴鸡吃好米！"

我大叫起来："欸，你到底是谁的娘啊？"

端着煎蛋饼走过来的老师听到这段母女对话，笑得合不拢嘴。

中场休息过后的下半场开始，靠着过渡期的省思、以往的累积和韧性，我自以为有了胆量重新出发，甚至勇于成家。没想到，说来好笑，脑子、语言和嘴巴都松弛到简直脱线的母亲，又给我补上了一课。

第七章

生存的本领与风格

热情欢快的音乐响起，小华刻意站在排舞队形的外圈，好让坐在大厅旁的小美看见她。当舞步转向小美那一面，小华有时跟小美挥挥手，有时对着小美挤眉弄眼吐舌头，小美也回以挥手笑看小华跳舞。

一曲终了，年过半百的小华跑到小美面前，还没开口，八十岁的小美就迫不及待地指点女儿，指着排舞队中比小华还年长的队友说："她跳得好，你就看着她、跟她学。那一个的动作也好，你也可以看她的。"

小华笑了，问小美："我跳得好吗?"小华印象中，母亲上一次看她跳舞应该是小学了吧。

小美点点头说："跳得好。"

小华自知身体笨拙，其实并不在意跳得如何，但期待父母的肯定好像真是儿女的原始欲望，无关乎年纪。

生病之前，跳舞对小华而言就像另一个世界的技能，她从没想过要学，也不认为自己学得会。经历过一场身心风暴，在即将完成治疗之际，小华隐约感到内心有股探索不同身体技能的渴望，说不清楚，宛若蝉将脱壳前的蓄势挣扎。于是，小华开始了身体新把戏的学习之路。

三十年前，小美也曾经历和小华一样的癌症康复过程。小美开始去健身中心后，逐渐变成有氧和瑜伽达人，四种泳式也都学会了。小美的好奇心和毅力都很强，似乎只要不是看书写字，其他的身体技艺，包括生活中的语言，小美在一旁看久了、听多了，就能无师自通。

过去，小美在教小华游泳和瑜伽时，常觉得好笑，这个女儿这么会读书，可是身体怎么又硬又笨？小美心疼女儿整日读书工作，只能等她回家时蒸蚬精给小华护肝，帮小华按摩。现在看着小华跳舞，小美觉得很高兴，已经忘记女儿原是不会跳舞的人。

看着女儿跳舞，小美觉得年轻有活力真好，她很高兴小华在人群中看起来健康快乐。只是，小美也感到隐隐的怅然若失，自己好像很久没有和这么多人在一起运动了。小美感叹自己的能量逐渐被时光掏空似的，想站起来动一动，却缺乏自信而裹足不前。

但小美并不知道，在小华眼里，母亲的身体技能已经内化纯熟，经常有如灵光乍现。前几天上午，小美才又令小华感到惊艳。小美去上医院失智症中心提供的"非药物治疗"课程，小华坐在一旁看着。这堂劳作课的主题是"家的颜色"，讲师要长辈们自选不同颜色的黏土捏出屋檐，用色笔画出门窗。

小美对选择犹豫不决，缺乏自信，觉得困难，希望小华帮她做。母亲的依赖让小华有点后悔没在教室外等候母亲下课，只好鼓励并提醒小美现在老师教到哪里，小美就又被动地做一下。其他长辈都给自己劳作的墙壁和门窗涂上了颜色，小美却不知道要画什么。

在小华的鼓励下，小美勉为其难地画出门窗线条后说了一句："就这样了。"不愿继续涂色，放下色笔，露出无聊没有自信的眼神。

小华看着小美的作品，却觉得母亲令她惊艳。小美画的门窗是古早样，四格窗、两扇推门，还有门栓。小华正欣赏时，突然，坐在小美对面更为年长的奶奶对小华说："我非常喜欢你妈妈画的门，我小时候就是那样的推门。"接着，那位奶奶开始对一旁的义工讲起小时候的故事。

小美的劳作，透露了内在的深层记忆，还勾引出其他老人的怀旧之情。被人称赞，小美笑得腼腆，从刚才不甘愿的自弃情绪中走了出来，眼睛又浮现闪光。而那位称赞小美的奶奶，则滑入了愉悦的童年回忆之中。

小华看着这些效应，觉得非常温馨，问母亲："你怎么会想到要画很久以前的门？"

小美指着劳作回答："这个屋顶就是以前房子的样子啊。"在小美的脑中，事物的联结仍然有序。

生命真的不会船过水无痕，而是不停地联结、交流、循环。小华心里想，即使自己中年有余了，母亲无论何时何地，仍然看见她的不足，指点着她；而她鼓励着年老认知生病的母亲一步步完成劳作，也从中看见母亲的无助、回忆与难以抹灭的生命沉淀。

如今，母女之间指点与被指点的界线愈来愈模糊。这也是生命的美妙之处，亲子在生命的不同阶段换位交流，所联结起的生命关系，宛如合力画一个圆，共构完满。

生存的本领是什么？我在治疗期间经常想到这个问题。

我还未具备渴求的生存本领时，一旦感到忧心难过，直觉协助自己的方式，就是放下负重和放任自己睡觉。

睡觉不愿醒来，是一种自我保护的生物本能机制。但这样的反应机制若拖延太久，也可能带来抑郁之外的其他病症。最起码的代价便是，体力和精神都会更不好。这样做，短期可行，长期不是个办法。

只是，生存本领的大哉问，并不会有标准答案。在不同的时空情境里，每个人都可能在当下体悟或蓦然回首后，给出刻画了生命重要印记的、属于自己的答案。

以前的我，想法很寻常，可能和许多人都差不多。最初以为，生存的本事就是要能养活自己、活下去。但这想法实在太基本，到后来，就想要追求更多的生命丰赐或更外于自身的意义事物。正所谓"衣食足而知荣辱"，认为追寻超越的意义能让生存本身变得丰富，而不仅是满足于身体化或物质化的感受，如此才不愧走人世一遭。

　　或许这样的想法并没有错。只是，当最基本的生存面临挑战时，我才又从远方的意义回到身体的原点，再度从根本探问，究竟于我而言，生存的本领是什么？或者，至少我还欠缺的本领是什么？

　　我心知肚明，还能有余力思考这个可能在别人眼里显得无谓之事，是因为我并没有真的被剥夺了生存的机会，我不过是一度以为自己贴近了那个关头，而有此一想。然而，正是在那个一度以为的时空中，我如同演习似的，仿佛被送回生存的本垒，才有机会在生命的中场时便得以回望自己：之前，为了跑垒，我究竟跑到哪里去了？

❋　❋　❋

　　就从生活的根本琐事说起吧。最直接来说，在忙碌的都市生活中，每日三餐这回事，似乎变成主要与舌头和肠胃有关。但其实，饮食首先该是与手，以及味觉、嗅觉、视觉等脑部认知有关的创造性活动，然而，我们多把这些身体劳动的部分分包出去了。

　　也许，烹饪较少被看成"身体技艺"，但我的身心历程让我以为，如果没有对于（自己或他人的）身体的关注、没有出自身体（胃口或修复）的渴望、没有发挥身体肌肉和五感技能的意愿，应该不可能主动练就烹调技艺。如此，烹调理当被视为重要的身体技艺。

寻常日子，不会煮饭的人，若住在都会区，好吃的外食选择太多，不至于遇到生存障碍。但是，对于病人而言，"吃饭皇帝大"真是不能随便敷衍的硬道理。

化疗病人对于食物卫生和营养的需求，比一般人有所讲究。我曾多年吃素，就是因为难以克服烹调荤食的心理障碍，这下便成了大问题。化疗病人要靠吃素来补充高蛋白营养，挑战可不小。这是为何不少素食者在接受化疗时不得不开荤，不然，得耗费很多心力补充高蛋白，或者使用昂贵的营养剂或营养品。

化疗有多耗身体能量呢？我没有量化概念，只有身体经验。记得，第一回化疗药物注射后，我的体重很快就减少两三公斤。听闻不少人掉落更多，而且可能持续掉落。我算幸运，也很努力，之后便能维持住，没再减轻，甚至可说简直落至标准体重。

说到这儿，我想起和母亲的有趣对话。我得知自己生病之前的一两个月，某天在厨房里看着母亲煮饭时，问母亲：

"我最近是不是胖好多啊?"

母亲向来善于类比,似乎想安慰我,话却说得引人发噱:"刚过完冬天啊。动物过冬,都要长膘,才能抵抗疾病。你年纪也不小了,有点肥肉是好的,这样生病才有抵抗力。"

我继续问母亲:"可是衣服都快穿不下了,好紧耶。"

母亲瞟了我一眼,很诚恳地说道:"这样就好。但是不要再下去了,……再少一点也好。"

当时我觉得好想笑,也很感谢母亲对女儿身材的接纳。没想到不久后,母亲的"肥肉"道理就印证了,果然是老人家的智慧。

因为化疗很耗能量,所以护理师要求住院病人每天早上都要量体重并回报。记得每次要站上体重器时,我都先对自己连喊三次"加油",祈祷不要掉体重。要是难得看见数字小有回升,那种喜悦之情堪比帮家畜和小孩称重。

维持体重,是为了保有应付治疗的体力,饮食就成为化疗病人的生活大事。我便是如此当回事,把食物当药物,把吃饭当工作。

化疗的副作用很多,常见的如食欲不振、口腔黏膜破损、肠胃蠕动减缓、胀气便秘等,这些不舒服都会影响胃口和食量,所以我很认真"执行"吃饭。

我吃进去的肉食比例相当高，尤其是被视为优质高蛋白的牛肉。但是，体重却没增加，仅能维持不掉落。我的活动量如此低，吃进去的高蛋白都到哪儿去了呢？我的形容是：都去当子弹了。身体配合药物抗癌和自我修复，都得靠营养。

好多年前吧，我在南京和一群医师用餐，我的食量本就不大，那回吃饭，我很快就饱足了，放下碗筷。

突然，一位医师问我："刘老师，你饿过吗？"

我回说："长期的饥饿没有，但饿一餐两餐是有的。"

那位医师沉思了一下说："难怪你吃那么少。"

我长年在贫困地区工作或从事田野研究，自然明白那位医师的意思。我心疼曾长期饿过的人，那是我以前未曾体会过的苦。治疗期间，我的身体如此渴求优质蛋白，也是一种特殊情境下的深层饥饿了，我再也不敢轻忽烹饪的重要性。

治疗期间，我最喜欢看着别人做事、嬉乐，尤其喜欢看着小孩玩耍、鸟儿飞来飞去，还有老师和亲友帮我做饭。因为自己的生活好像停滞了，光是旁观别人如常地过日子，那种与生活的联结都能带给我平静感受。

后来，通过彭婉如基金会的协助，终于找到善良的彤姊每日帮我烹煮后，我甚至一度觉得好像回到童年般的温馨。小时候，母亲在厨房做饭，我总喜欢站在一旁看，有时母亲会从炒菜锅里夹一块肉解我的馋，我帮忙端菜上桌时也会趁机捏菜吃，那种抢先品尝美味的快乐贯穿了我离家前的记忆。

以前的我，太过仰赖母亲的食物，且因长年在艰困地区水里来火里去的，对于其他食物虽然也乐于享用，却并不讲究。康复后的我，虽然仍不太会烹调肉食，但至少已逐渐朝往解决方向，开始留意方便、卫生又营养的饮食门道。

让我重新学习新生存能力的，就是彤姊和我慢慢认识的婆婆妈妈邻居们。原本，许多关于挑选、采购和处理食物的善知识都与我无缘。但常被戏称为地表最强生物的"欧巴桑"，乐心且善于照顾人，让我这个无能的异类欧巴桑也转向进化中。跟她们相处，我就像进入了一个新天地。

✳ ✳ ✳

某天，饭后散步时我和一位欧巴桑边走边聊，听我提起治疗时因为住得偏远又还不认识邻居，一度找不到人帮忙煮饭，她的直接反应是："那怎么不找里长呢？"

她的话宛如一记当头棒喝，令我哑口无言，内心却大喊："对啊！亏我还是做社会研究的哩，从没想过啊。"

后来，我跟好几位学界友人提起这段对话时，所有人的反应都和我一样，"对喔，从没想过耶"。

生活在大都会中，尽管我们拥有不少所谓的社会资本，却多忽略了古谚"远亲不如近邻"的真谛，也只将里长这号人物当作政府基层行政的代理人或选举候选人，或是研究访问对象，却忘了在自己的日常生活中，里长也可能扮演传统邻里"贤达"的咨询角色。

这些一再让我恍然大悟的生活片段，协助我逐渐厘清了自己到底身在何处。

再度，身为医疗人类学者的我，发现再熟悉不过的身体理论概念，如实呼应了自己的经历。此时以身为度的体会，和过往以理念为先而来的理解，感受大不同。

1987年，著名的美国医疗人类学者舍佩尔－休斯（Nancy Scheper-Hughes）和洛克（Margaret Lock），共同发表的一篇论文《觉知的身体》（The Mindful Body），影响力极大。她们将身体分成三层概念来分析，即个人身体、社会身体和身体政治。简单说，个人身体就是以生物性身体为主的概念，社会身体就是受到文化涵化或社会教化影响的象征性表现（例如，饮食文化、穿衣习惯、言行举止的规范等），身体政治则是强调身体规训和权力机制的生命政治（例如，受到生物医学、政治经济等结构性主导权力影响的人口治理、军事训练、医疗管理等）。这三层身体概念都会展现在个体之上，所以一定有所交集重叠，但将概念区分，有助于分析理解个人在某种情境之下，最显著或最受影响的状态。

生命的常态发展过程，是从自我个体开始，逐渐由家人、社会、世界向外联结，但在联结的过程中，每个人自身位置的停留点何在，端看各人的理解和追求会走多远。然而，即使走得很远，在某些生命的节点都可能转折回头；而到了生命倒数期间，必然只能完完全全与自己独处了。

那时，终将独自面对的，可能是秒表滴答即将到底时的归零恐慌，也可以是生命尽兴走完一遭的圆满归去。人为何追寻信仰？正是因为渴求终极的陪伴，好走过那或许是度秒如年的时刻。

是在这样关于生死界线的主动思考中，我才真正明白，生命至少该有一半的重心要放在与自我的联结上。不过，这里说的自我，不是自恋、自利、自私的独大我，而是认识自我生命的明白清醒。

一向自以为独立也乐于独处的我，此时才惊觉，从小在父亲教诲下要以国家和社会的公共性为重，父亲的身教还强调公私分明，我却在认真追求身体政治的理解、看透社会身体的过程中，逐渐因"公"而疏忽了"私"，与个人身体的内在自我联结断讯而不察。

治疗期间，我对自己所处的身体政治与社会身体状态心知肚明，冷暖自知也并不恐慌。但这些过于公共性的倾向，让我太过理性，常忘了要疼惜自己。

如今说来好笑，我曾被三位菜鸟住院和实习医师联手在我的右颈接上静脉导管，他们手拙一再失败，后来只好陆续加打两剂麻药，重新来过，前后耗时约四十分钟。我很佩服自己的忍受度，动也不动地让他们整。我也曾被菜鸟实习护理师抽血失败，虽然我从小就不怕打针，但那一回要抽很多血，我刻意转头不看，把手臂交给护理师，没想到整了很久都不好，而且比寻常的抽血疼痛许多，于是转头了解，却看见下臂血流不止，吓了一跳脱口而出："怎么会这样？"一旁指导的护理师嗫嚅地不知要如何回应我。

这些在医疗体制中的常见现象，把医疗训练、资源分配和病人身体等放在其中来看，都是广义的身体政治。此时遇上这些，我都告诉自己，没有锻炼，养成不了专业医护人员，这是没办法的事。我因理解而来的耐痛度非常高。只希望他们拿我这样还算相对年轻的病人锻炼就罢，过于老弱虚残的患者，祈祷不要交到菜鸟天兵的手上才好。

犹记得移除静脉导管时，只是局部麻醉的我依然清醒，躺在手术台上听着年轻医师和护理师聊天说笑。他们在说哪位外科教授都亲自上刀、哪位都叫学生操刀等等，还说那位总是亲自上刀示范给学生看的教授抱持的理由是："要好好教他们，不然哪天落在他们手里就糟了！"手术中的我得忍住才没有抖动大笑。

运气特别好时，只要遇上温暖细心体贴化疗病人的护理师，我就会积极地上网填写病人反馈单，在我的小世界里实践"不因善小而不为"。在辛苦的体制中，良善的医疗人员也需要病人的良好互动回应。

关于社会身体，我最有感的是一般人对于癌症的刻板印象，前面几章曾提过不少，遇见那些社会反应，尽管不一定好受，但也多能理解并尽量释怀。

没想到，让我倍感挑战也最难过的关卡，却是离自我最近的个人身体。

重视完整健康福祉的人都知道，身心是一体的，而不是笛卡尔式的二元对立存在。不论在学术讨论或日常生活中，我都一直这样认为。但是，直到开始治疗后，我才真正体会到，"一体"与"二元"的差别，其实也并非如一或二的字面差异那么清晰。

据说，"个体"的英文 individual，源自拉丁文 *individuus*，in 是指"非、不"，dividuus 是指"可分割"，连在一起的意思就是，包含了身心灵的"个体"是"不可分割的"。

我终于明白，理解的重点应是：一与二是连续和叠加的关系，而不是区隔的独立关系。也就是说，打破身心二元对立的思考，重点不在于将身心看作缺乏各自独立存在的刚性整体。经历一场身心风暴后，我的理解重点转变为，身与心都得分别被善待，它们才能真正地融合，超越所谓的二元对立。$2 = 1 + 1$。

❋　❋　❋

还有哪些重要的生存本领？即使没有生过重病，新冠疫情期间被隔离或足不出户的人，对此大哉问可能也都稍有感触了吧。

治疗中我以为最疗愈的事，就是那种独自一人可做、有点重复性、不需伤太多脑筋、又带点动感的活动。想象一下，平常寂寥时刻"打地鼠"游戏带来的片刻松弛感，也能让显得停滞的时间流动得快一点。而大半年的化疗有待打发的时间，可不只是片段，找到与自己相处的疗愈方法就更为重要了。

我感到手脚无聊时，常想到一位太鲁阁部落族人的 Yata（对阿姨或长辈的称呼）。有一回，我跟着泰雅人朋友回家拜访他七十多岁的母亲，她是太鲁阁部落族人的织女，手工纺织的布非常优雅美丽，我很喜欢，搜藏过两件。那回见到 Yata，她正忙里忙外地整理从田里带回家的各种蔬菜和植物，还教我如何搓弄苎麻好编成织布用的线绳。我要辞别前，Yata 拿了一条还没搓弄完全的新鲜苎麻让我带回去，对我说："这给你玩。"Yata 的汉语说得很好，她使用"玩"这个字，令我印象深刻。

Yata 说得没错，那真的就是玩耍。编织不仅能打发时间，还能让人感受平静。如果我会玩手工，治疗期间应该就不至于无聊，且能安心。

2021 年的奥运，因为疫情，全球观众集体在线看到了英国跳水冠军汤姆·戴利（Tom Daley）在赛场一旁打毛线。他为了让自己冷静而编织。我看到那个转播画面，不禁笑了出来，深感共鸣。

打毛线不只有利于心情平静，也有助于化疗病人的复健。化疗药物会伤害软组织，筋骨常受影响。治疗后期，我的手掌一度无法完全握拳。我有位朋友治疗多年后，手掌依然无法握拳，他就靠着打毛线锻炼手指的灵活度，医师也要他不要停止锻炼。

打毛线、编织等手脚的锻炼对于身心的修复，具有神奇的效应。

玩音乐和跳舞也具有这样的功能。然而，治疗期间，这些本领我全都不会，仅稍微体会过跳舞带来的慰藉。有一天，我运动到一半就因疲累和无聊而放弃，突然想跳舞，渴望让音乐带领我，但是我不会。老师竟然就带着我跳起了和缓的社交舞。原来，那是他那个世代多数人在学生时期都会的身体技能，到了我这个世代已非如此了。从来没跳过社交舞的我，连基本舞步都不会，但老师带着我缓缓地跳着，因为有节奏感，又很缓慢，我觉得有趣，不会无聊，就慢慢地跟着跳，还微微地流点汗。那次的经验让我体会到跳舞的好处。

我本来就喜欢听音乐，但并不会玩乐器，只会吹口琴，但此时的我无力吹奏。生病之前，我曾将一台风琴送给慈善团体，尽管我并不真的会弹奏，但治疗期间，我非常想念可以发出美好声音的自娱乐器。手中无乐器，无法动手，我最多只能动耳朵听音乐。

某天，我正在听喜欢的一位创作歌手的音乐时，正在煮饭的彤姊，突然从厨房走出来对我说："你听的音乐都不是很快乐的耶，那样听了不是心情更不好吗？"我才意识到，我听的音乐和我书架上的书籍很类似，都是质感很佳但理念或思虑可能显得沉重的作品。彤姊看不下去了。

隔天，彤姊带来一个存入很多歌曲的音乐播放器，就像卡拉OK似的，包罗万象。她要我改听她喜欢的歌曲。我顺从地收下了那个玩具，它陪伴了我一个多月的时间，确实疗愈了我。我尤其喜欢听现场演唱会录音，歌手在演唱会里跟听众说了什么话，我都听到滚瓜烂熟，因为那让我觉得很有生活互动感。

人声是最好的陪伴。但需要陪伴时，果然要善选声音的类型，而不是以为有声音就好。这是书上没教的事，反而是有着多年照顾工作经验的彤姊，点醒了我，并给予最直接的协助。

关于声音，我还想到另一则趣事。治疗期间，我最喜欢听偶尔在楼下空地玩耍的两名小小孩和保姆的对话。那两名可爱的孩子，天真活泼，童言童语，保姆总是跟在后面追，时不时高声提醒或引导。虽然我其实看不到他们，但常被他们的对话和玩耍声逗笑。

康复后某日，我下楼时终于遇见他们，我第一次见到那两个孩子，自觉对他们很熟了，便对他们微笑。两个好奇宝宝立刻冲到我面前，叽里咕噜地跟我说话，分享手中的玩具。保姆立刻跑过来，很紧张地问我："你住这里吗？以前没见过你。"保姆的反应，让我想起久远以前读过的短篇小说《一个陌生女人的来信》，虽然我的小奇遇比起那则惊悚故事欢喜多了。

　　为了打发时间，我知道不少病人很依赖追剧。我也偶尔看剧，但若是连续长时间追剧，也许心暂时找个地方搁着了，却很伤眼耗神，不一定适合重症病人。

　　就这样，在治疗后期的困顿中，我看见自己与身体长期独处时的无能。只是，尽管明白了，在我积极学会身体的新技能之前，我又摸索了大半年的时间。

❋　❋　❋

　　从生病到治疗、从治疗到康复，一段一段的摸索路程，心情也是一个阶段、一个阶段地随之变化。

　　治疗进入末期，眼看免疫力与体力都可望回升时，我的脑子里又浮现另一种不知所措的念头。治疗期间，我就是将自己交给医疗人员，由他们照顾我的身体，也乐于遵从医嘱，耐烦地配合清洁指示。但是，当治疗即将告一段落，当我不再需要注射药物也不用继续服药后，我该如何照顾自己？保健的方法是什么？

我竟然不知道怎么办。

生病时听医生的话，治疗完后要听谁的话呢？

记得刚开始化疗时，一位对于癌症见多识广的朋友来看我，她说："半年治疗，两年康复，五年毕业。"

当时，我其实并不懂"两年康复"具体是什么意思。当疗程终于要结束前，我曾天真地以为，我很快就会"康复"了。真的进入康复期后，我才终于理解朋友说的"两年康复"是什么意思。

我还有待跨越的，不是一条线，而是一大段时间。

康复，只能慢慢来。《红楼梦》第五十二回说到的俗谚："病来如山倒，病去如抽丝。"堪称一语道尽普世人类的重病心得。

治疗的最后一个月，由于期待已久的"重返"生活将至，我几乎是立刻脱离沮丧忧郁，非常期待重新探索、超越既有的身体方法限制。然而，我也才开始明白，治疗结束并不是"重返"过去，而只是"进入"康复阶段。更重要的是，最好不要回到过去的生活，而是要"重新"开始。

我的身体经验和许多癌症患者一样，一旦停止注射化疗药物，体力恢复得很快，好心情的复苏更是迅速。但同时，化疗的副作用和大半年缺乏充分运动造成的筋骨问题加在一起，让康复初期的我，经历不少与治疗期间不太一样的疼痛问题。

长话短说。长达一年的康复过程中，我不知耗费多少时间金钱，挨了多少止痛或抽血检查的针头，几乎各种想得到的治疗者都尝试过，就差没找上乩童或灵媒而已。在漫长的自我修复中，我感到最深层的帮助，在外力方面，便是复健医师和专业物理治疗师的协助；而自救之道，则是学习与身体技能有关的各种运动。

很多病人都会买书来看，医院的药房、书店不乏各种太极、气功、瑜伽、养生、营养之类的书籍，大多很畅销，因为病人想自救。病人的钱很好赚，就和美容保养品一样，买这类书籍就像是买了个希望。只是，就我所知，不少人都是买了后就搁在一旁。我没买过这类书籍，但朋友曾寄来给我看，我几乎都是翻阅后就搁下。我的感想是，如果不曾学习过或有人直接指导，很难光看指南就可以搞清楚身体，何况可能还涉及穴位或筋骨等精准细节或禁忌。

从小到大，除了少数专业外，我们的学校教育极为缺乏关于身体的复健知识，这却是成年后各类劳动者都亟需的常识。"久病成良医"的俗谚一针见血，说明靠的正是疼痛、医疗与复健的实际经验，并非翻一翻书本就可自行练成"良医"。总得要有相应的基础，看书也才能知道要理。如果是和我一样缺乏基本认识的人，与其只是看书，也许不如寻找健身和瑜伽教练、物理治疗师或中医师等熟悉身体康复和修练的专业者，由他们来提点较安全且有效。至少，我的切身体会让我有此感想。此外，疫情后陆续出现许多身体锻炼的在线教学，各式程度的都有，可以尝试先从专业者提供的免费课程开始跟着做。

进入康复期半年内，我先是重拾了瑜伽、太极等曾经做过但未曾持续的运动。重新来过，也从中获得新的感觉。当我逐渐恢复对身体的深刻觉知，我就愈玩愈多元，愈喜欢尝鲜。第一次练习阴瑜伽这种练身也练心的方法时，耳朵贴地，感觉自己身体的微调变化，以往未曾留意过的身体幸福感缓缓流入感官。我还学会了跳舞，把它当成一种主要不靠脑子记忆，而是由身体记忆的技艺时，那种把自己交给身体的松弛感，真是全新的体会。

一年多后，我又学习了拳击有氧和唱京剧。当世界遇上新冠大疫，众人配合封锁留在家中时，我完全没有任何的抗拒，一来是因为我已经"自我隔离"过了，无需心理调适，二来是我已经学到不少身体的技艺，不会再让自己无聊了。

如今，我已从重大伤病中"毕业"，虽然仍不会打毛线，但逐渐学会植栽和其他小手艺，甚至以热情拥抱的心情学习拉二胡。可能是通过各种身体技能的开发带来的良好身心感受，我觉得自己在治疗期间落入低潮时发现的生存弱点，康复后似乎逐渐都有被弥补的迹象了。

＊　＊　＊

从结果回望来时路，如今，我已真切感受到生命进入另一个象限。这是我经历过幽谷之行后，靠着医疗和亲友的协助，以及自己的韧性，才终于跨越困顿阶段，逐渐探索创造出来的新生活。

要能"重构生活"，打开知觉的新方法或新本领，不必然是固定的。人各有偏好与缘分，重点在于要有照护和探索自我身体的意愿。

以前的我，知觉清楚，努力对外联结；如今的我，知觉清楚但更多元，也更为重视与自我的内在联结。甚至，除了身心的开发外，我也想要感受灵性，但不是仰赖玄学迷信话语的那种灵性。从康复到重生的路途中，植物是协助我感受灵性的关键媒介。

化疗期间，医嘱避免接触植物，是最令我难过的经验之一。也许正因如此，康复后的我，尤其渴望植物和自然。所以，我搬迁的新居，便选中了以山林为邻，与苦楝相伴。

我想向植物学习。

从隐喻来说，我觉得自己生病前后的生命风格变化，仿佛有如从不停移动的活泼动物，转变为看似静止实则低调展现生命韧性的植物。

在我们的身体中，也许远古时早已埋下基因，只要遇见植物，我们就能感到欣喜沉稳，觉得生存有望。康复后我才知道，其实仍有一些相对安全的小型植物，例如用杀菌新土培育的左手香等耐旱、容易生长的室内植物，它们的坚韧与明显可期的成长，可能作为化疗病人的好陪伴。我从朋友手中接下他摘给我的两片左手香叶，它的稳定成长带给我的心情回报，远远超过我对它的照顾。光是看着植物，对人的心情就有舒缓放松的效果，这是为何病房外若有合适的花园供病人散步，那就是最好的疗养处所了。

从来，当人们定居后，最直觉的安排，不就是将植物引入住家范围、室内，或在阳台、花园种上植物吗？从小，我对父亲那一代人的印象就是种植花草树木。他们远离家乡迁移来台，刚开始的移民生活非常艰辛，但只要有个角落小花圃、一方小院子，几乎家家都种满植物。我最喜欢的童年记忆之一，就是半夜被父亲摇醒，叫孩子们起来观赏难得的"昙花一现"。我还记得自己睡眼惺忪地等待昙花绽放，婆婆跟孙儿们说起她老家的昙花，邻居伯伯也来凑热闹。

植物安居了，人们也才能安居。

父亲的名中有槐，而我为英华之后，木生草是我们的亲子排序。父亲的字号中有个"植"字，他过世后，我借用这个字，给自己取了个笔名写稿。植物于我，一向包含了我对父亲的思念，以及关于生命韧性的印象。也是另一种缘分吧，老师的名中有"树"，我们的新居绿树成荫。

我也想学会植物拥有的示弱的美德，那种软弱，实则是在放下与坚韧之间合宜调整的自由自在。试想，固着一地的植物，无论风吹日晒雨淋、动物蹂躏等外力侵扰，都看似逃不了，如何度过这等艰困呢？原来，植物的生存本领多得很，它们会随着需要倒下、屈居、倚靠、暂停，拥有展现软弱的弹性和自在。顺势倒下，但不是永远趴下，恢复生气时就昂扬再起，甚至可能低调但顽强地扩张生命的视野，真是天地间毫无绝对所谓的生命哲学家，充分发挥了示弱与坚韧兼具的美德。

每日早晨我拉开窗帘，看着新居窗前那两棵苦楝树，它们生长的地盘根基并不宽广，但仍努力拉高自己，好拥有充足的阳光。尽管它们并不十分壮硕，但依然叶苍翠、花灿烂，自在安稳，成为蓝鹊一家子的最爱，也是我的生活良伴与榜样，更是母亲和我的回忆树。

每回，母亲和我肩并肩地站在窗前看树，她都立刻指认："这是苦树，它的籽很苦。"然后就会忆起小时候居住的乡间有很多苦树，小孩都捡拾苦楝子当弹珠玩耍。母亲对树的记忆犹在，她也喜欢这两棵苦楝。而母亲对苦楝的记忆，从此也融入了我与母亲相处的回忆。苦楝成了我想母亲时的一个联结。

❉ ❉ ❉

生病与康复都有阶段变化，何况漫长的人生。关卡难免，过关需要的不只是信心，更要耐心。

治疗末期某天，难得回台的二姊陪我去医院。那天我自觉状况不错，就想自行开车出门，二姊却劝我不要急。那时

216

的我，还没真的学会示弱的美德，一旦感觉稍好，便迫不及待想重拾主导生活节奏的方向盘。然而，身体的修复，委实急不得。

我衷心拥抱从"康复"到自重病"毕业"这一段生存技能的学习之旅，不仅修复了疾病和治疗副作用，更连带将旧有生活中的其他痼疾彻底检视与逐一修复，让我更加认识且有能力倾听身心的信息。就此意义而言，身体着实是最饱富耐性与期许的"老师"，切实教会了我何谓生命与生活。

我现在是这样定义自己与身体的新旧关系。以前年轻有活力的我，似乎把身体当成工具，即使有运动，也是以锻炼为主要目的，喂饱它、清洁它、检查它、修复它，却并未真的学会如何保养它、安抚它、欣赏它、平等待它，以它自身为目的。

如今的我，把身体当成小孩。小孩绝不该成为工具，而是最需耐心与照护。

"小孩"这个隐喻，不仅适用于我与自己身体的新关系，也适用于母亲和她自己、我们与母亲之间的新照护关系。

有回散步经过一片竹林，母亲随手摘下一片竹叶，三两下就折出一只蚱蜢给大家看，脸上还浮现孩童玩耍的表情，令我赞叹不已。母亲和那位太鲁阁 Yata 一样，她们的手与脑都很会玩植物。

家人陪母亲散步时，母亲就跟个孩子一样，双手难得空无一物，经常随手捡拾地上哪家孩子遗失的玩具或小球、被风吹落的花朵。看见掉在地上的新鲜东西，母亲总是捡起来把玩，不介意清洁、卫生、形象，就是玩。

我搬进新居后，侄子带母亲来找我，两个高帅男大学生左右牵着身形迷你的奶奶，母亲的双手摇啊摇。我对母亲说："两个孙子带你出来玩耶，好幸福的阿嬷啊。"

母亲微笑点头："很幸福啊，以前的辛苦值得了啊。"

看着母亲，我觉得她软绵绵似的，仿佛一团毛茸茸的宠物，自我收敛得像个孩子一样，完全活在当下。同时，母亲的感知又宛如安居植物的根系，默默地五感全开，与亲人的联结不靠表面的言语和理解彰显，内里却绵密扎实，因而得以让自己稳当安顿于每个当下，度过晚年的生命冲击。

而我至此也才明白，在这样时刻里的母亲，如同坚韧的树木。在经历长年的风霜后，那种仿佛失去了自我轨迹的认知，却又能自我安顿，甚至仍能与家人平和相处的状态，不禁让我想到泰国著名的禅师阿姜查（Ajahn Chah Subhaddo）的《森林里的一棵树》（*A Tree in a Forest*）。这位南传佛教大师的开示譬喻，还被编唱为一首可爱的歌：

森林里的一棵树，

有叶子，有花，有果实。

鸟儿来觅食，蜂儿来筑巢，

小松鼠在叶子下睡觉。

清晨、黄昏、刮风、下雨，

森林里的一棵树，

不需要知道自己是一棵树。

宛如一棵树的启示。母亲即使认知经常错乱，记忆时时迷失，病症确实每况愈下，但她的身心感受表现却不一定直接和恶化的病况成正比。有些莫名的奇妙因素，可能源于母亲的内在，也可能来自外在，或内外交会，让母亲不一定需要保有明确的认知和记忆，也能安心自在地和家人在一起，微笑。

母亲在此生命阶段的状态，有如植物对我的疗愈启蒙。新生后，我的身体观更在意回归个体，并以不同于以往的方式和心情向外联结。我从外放型的身体观，逐渐学习植物对外联结的隐性特质。表面上看似不动，实际上五感张开，低调但敏锐地探索环境，重视与我所在之地的联结。

母亲正走向人生圆满的目标，家人的陪伴是让母亲的生命旅程得以慢慢画成一个圆的主要支点；至于我，期待中场休整告成后，带着既有的学习收获，继续走向另一个半圈，安顿自己的身心智灵，成全生命的圆满。

第八章

生命的失忆与记忆

小美

一大早，小美坐在客厅里，等待儿子起床，小美有话要跟他说。日历写着今天是周末，她体贴儿子平日上班的辛劳，让他补眠，忍着不敲门叫人。小美觉得等了好久，终于听到开门声，立即转头看。"妈，你起来了啊？"儿子跟母亲打招呼。

小美积了一肚子的困惑，眼睛传达出欲言又止的神色。儿子对母亲的表情向来敏感，问道："怎么了？"

小美用眼神招来儿子，低声说道："昨天晚上，有一个女人睡在你床上。"

儿子怔了几秒后笑说："那是我老婆啊！"

小美一脸惊讶："你老婆？你结婚了啊？"

儿子镇定地说："我没结婚，哪来的家家和洋洋？"

小美不曾忘记孙子，儿子的回应点中了她在时间顺序上的逻辑破绽。小美自觉矛盾，佯装没这回事，默不吭声。

过了几天，小美和媳妇两人在家喝下午茶，聊着聊着，小美突然对媳妇说："你跟我孙子的妈妈长得很像。"过一会儿又说："你跟我一个朋友长得很像，她住在南部。"

媳妇思忖婆婆可能想到自己的妹妹，便问："是不是叫作妍妍？"

小美很惊喜地说："对！就是妍妍，就有那么巧，你也认识？"小美继续拼凑不同时空的记忆片段，一再推出不同版本的拼图结果，因为她并不记得自己说过的话。婆媳俩就这样一搭一唱地聊下去。媳妇觉得好笑，心想晚上要跟家人说说婆婆的笑话。

又过了几天，小美突然对儿子说："你不老实，跟别的女人在一起。你爸爸都不会这样，你不老实。"儿子有些怔忡不安，感慨母亲的状况又退步了，最近一再出现认不得媳妇的情况。小美还数落儿子："你故意找一个跟家家、洋洋的妈妈很像的女人，你以为这样别人就不会发现。但是我眼睛很厉害，看得出来，你骗不了我！"

儿子又担心又想笑，镇定地反问母亲："她就是我老婆啊，不然你说家家、洋洋的妈妈在哪里？"换小美愣住了，她察觉自己被推到一个破绽跟前，难以自圆其说，便顾左右而言他不予理会，转头丢下一句："不跟你讲！"

此时，孙子从房间走出来，笑问阿嬷："她不是你媳妇，那我是怎么生出来的？"

小美露出狡黠的眼神低声跟孙子说道："我是逗他们的。"自觉矛盾却不想被看穿的小美，又给自己找了个台阶安然下台。

每隔一段时间，小美的脑子就可能被某个念头占据好一阵子，经常绕着那个念头打转，讲出颠三倒四的时空与人事记忆，并掺合了她自忖的解释，搅得家人一头雾水。小美最为依赖的儿子尤其首当其冲，要面对母亲的每日好几问。小美的执念来得突然，也消失得突然，情绪跟念头倏忽变化。

小美失忆的症状会发生在哪些人事物上，完全不可预期。某个周末上午，小美又坐在客厅等待儿子带她出门。儿子起床后，小美立刻说："小华搬新家，我都没有去过她那里，我们去吧！"

儿子笑回："上个礼拜才去了，怎么没去过？"

小美认真地反驳："没有，她都没有请我，我都不知道她结婚了。"

儿子回应："她跟谁结婚？"

小美又认真矛盾地反问："她结婚了？什么时候的事我

都不知道?"儿子暗地叹气自己简直像在带小孩似的,无奈地看着母亲,微笑不语。儿子的微笑让小美意识到自己可能又糊涂了,对着儿子笑得歉然无邪,没一会儿又突然问起:"她是跟哪个老师结婚?"就这样,母子俩就在鬼打墙般的对话中,出门去找小华了。

到了小华家,小美眼神睃巡了屋子一圈,问女儿:"你一个人住这么大的房子不怕啊?"

小华知道母亲又健忘了,便要小美陪她去阳台晒衣服,换个空间好转移话题。小美顺从地陪着女儿在阳台做事,仰头看见刚晾起的衣服,又问小华:"你怎么穿男人的裤子啊?"小美边说边掩嘴偷笑。

小华知道母亲又忘记了自己刚成家,笑着对母亲吐舌头,没有回话。

小美的眼神仍盯着被风吹动的衣服,笑得合不拢嘴,又对小华说:"你穿男人的裤子,不男不女,……你是鸳鸯人啊?"小华被母亲的反应逗得哈哈大笑。小美把一分为二的阴阳,想为成双合一的鸳鸯,一与二的意象和语言联结,在小美的大脑旋涡里团团转。

小美又退步了,却宛如正在学习描述世界的孩童一般,乐于锻炼类比和语言表述,看到什么、想到什么就脱口而出。小华瞄见母亲仍在偷笑，心想：母亲对外在世界的互动反应直接明确，让家人既感到别生趣味，也敏感于营造安全温暖的环境有多么重要。不解世事的幼童需要被保护，表面上历经风霜，反应上却已常难解世事的长者，也需要被保护。

小华

催眠治疗的精神医师邀请小华上台示范。小华从未期待过被催眠，原本想去的是另一场戏剧治疗的活动。但因这位精神医师是身为医疗人类学学会理事长的小华邀请来主持年会工作坊的，小华觉得自己应该参加，以表现主办人的礼节。没想到现场一时无人主动上台，小华也只有摸摸鼻子当个好主人，配合精神医师的活动需求。

精神医师要小华坐在他对面，问她为何来参加催眠治疗工作坊。小华不好意思说明自己其实是基于礼节，只好随兴所至地回答自己对于催眠的狭隘想象："我也想要有自我催眠的能力。"

精神医师又问："你为什么想要自我催眠？"

小华又随口回答："我觉得自己太理性，都没办法自我催眠。会自我催眠的人好像很快乐。"说到这里，观众笑了，小华自己也觉得好笑。

精神医师又追问："你为什么觉得自己太理性？"

小华再度基于礼节不想敷衍，脑子开始快速地自我分析，可能的理由一层一层地被掀了起来。她觉得一言难尽，也不想一直耽溺在自己的身上，唯恐占据工作坊的时间太久，意欲快刀斩乱麻，脱口而出一句结论："都是我父亲害的啦。"

小华中计了，精神医师最擅于抓住家庭关系的蛛丝马迹。接下来，精神医师掌控全局，小华仍然基于礼节不好意思直接起身退出活动，只好放下自我，随波逐流，心想："就认了吧，无所谓。"

精神医师感觉到小华的配合诚意，继续逼近探索："我在你身上可以看见你父亲，你很想念他吧？"

小华心里喊道："妈呀，这样讲谁招架得住啊？"她还没张口回应，眼泪就流了下来。

精神医师要小华选一张椅子，想象父亲坐在那张椅子上，问小华想把那张椅子放到哪里。小华继续中计，将椅子拉到身旁，想象父亲和自己肩并肩坐着，眼泪又流了下来。

这不是小华想象的催眠治疗，因为她不但没睡着，还被迫一直清醒回忆。小华的理性企图掌控，询问精神医师："一直讲我的事不好意思，浪费大家的时间。"

医师转头郑重询问观众："有吗？有人觉得浪费大家的时间吗？"众人摇头，小华甚至听到啜泣声。

基于礼节，小华只好又继续配合。精神医师依然挖向小华的记忆深处，活动发展完全在预料之外，但既然已经坐在那里了，她放弃挣扎。就这样一来一往的对话，小华在流泪中经历了一场与父亲的不期而遇。

小华的回忆缓慢流出。父亲是名极为正直有骨气的军人，他的家教与身教对小华的影响太深。小华记得童年时，吉普车接送父亲上下班，车子会行经小华就读的学校，但小华从未搭过父亲的便车上学。父亲对她说："那车是公家接我上班的，不是带你上学的。"幼时父亲经常不在家，他返家时，用餐前，小华都要先背诵墙上挂着的两幅书法文章才能吃饭。一篇是《朱柏庐治家格言》，至今小华仍能毫不思索地流畅背出。另一篇是文天祥的《正气歌》，至今欲背诵时，小华仍会被老一代人的气节所感动。小华就是这样被养大的。

精神医师说："你父亲公私分明，很正直。"小华点头，眼泪扑簌，哽咽难言。

"你是一个很棒的人,你现在可以告诉你父亲,说你很好,请他放心,你可以让他离去了。你想跟他说什么话吗?"精神医师准备收尾了,小华明白。但父亲突然莅临心中,小华一时不舍为了快速结束活动而愕然驱赶父亲的意象,于是仍饱富情感地说:"我希望他好好的,不要惦记我们,但我不会想要忘记他。"在口罩掩护下,小华努力抿嘴不哭。

精神医师最后是如何放过她的,小华已记不得了,只记得观众席上传来的啜泣声,所有人都不预期地走过了一场自我记忆的催眠旅程。

活动隔天,小华从衣柜中翻出一条老式大棉被,十几年没用过这条三十多年前的厚重棉被了。不论小华搬到哪里,这条棉被都跟着她到哪里,总是占据很大的储藏空间。这是父亲留下来的,被套还是父亲缝制的。小华清晰记得那个画面,父亲把棉被和被套摊在清洁过的地板上,将花色棉布放置在白色被套正中央,一针一针地缝制而成。幼时小华对于被套的认识都是这个样式,到朋友家玩才讶异地发现,原来别人家的棉被套是整个花色都一样,但多是大花,不似父亲被套中的花布一般秀气雅致。

"我想把爸留下的棉被扔了。"小华在手机群组中向兄姊宣告。但她仍舍不得尽数丢掷，留下父亲缝制的轻薄被套，仅放手沉重的被胎。

只是，大棉被还是被搁在地上好几天，最后还是别人看不下去了，在小华面前将它五花大绑，拎出门时还一再向小华确认："我拿出去咯？"小华静默地点点头，转身回房，打开衣柜，盯着那片空荡，有点怅然，又有点轻松，思忖道："这空间可以放多少东西了啊。"

在记忆跟前，生命无疑是一场经历、遗忘与重构的奇遇，以及与之的和解和自圆其说。

靠着记忆，以及记忆发展过程中的意义和情绪，我们逐渐长成现在的样子，不论究竟是否看清、喜欢自己的样貌。

当记忆显得恍惚或渐次褪去，我们好像失去了自我。为了重建自我认同，又开始重构记忆，以应对当下的困惑与慌张。

不论是失忆或忆起，都是一再的回忆排列组合，以及对于记忆碎片的取舍感受，靠的是熟悉的情绪与逻辑，而非客观的记忆。

当失忆主导记忆的模式，亟欲重组的回忆矛盾重重、破绽百出时，情绪和理性不一定得以协助我们自圆其说，反而可能会让我们恐慌与自弃。在这样的时刻，放下、示弱、投降，或者如同母亲一般的玩笑耍赖，却有机会让人暂时稳妥下台，宛若一种处境上的自圆其说，自安人也安。

母亲和我仿佛都经历了一种催眠。在这个催眠过程中，我们进入了模拟性的经验，但在此刻之外，真实的生活情节仍继续上演。只是，身历其境中正与记忆对话的我对此了然于心，被混乱记忆催眠的母亲却不一定知道，但母亲身边的家人都明白且配合。

数年来，母亲已活在自己的失忆与记忆重组中，时而混乱，时而自我催眠或被催眠有效，即使重构的记忆有所矛盾或偶现恐慌，靠着家人的照护和自我的韧性，母亲也还能展现赖皮对抗或将自己交托家人的本领。

而我，仍然没学会自我催眠的本事。但莫名经历一场催眠治疗的示范后，我意识到，原来我的疾病回忆也好似一场催眠。在书写回忆时，我仿佛置身事外地看着自己回望过去的生活，重返那段疾病经验，又从那个中介阶段里蜕变出来。经历这样一场以书写回忆为催眠媒介的过程后，我甘愿放下了某些记忆，学习自重返中轻盈归于当下，却无须忘却情绪感受。这是否也算一种失忆与记忆的催眠效应？

* * *

2023 年春节前十天，大嫂在家人群组中突然公告："今年没有梅干扣肉吃了！妈早上把昨天晒的梅干菜全都收起来，我们今天找了很久都没有找到。"正在上班上课的家人见信，笑闹懊恼一齐来。前年，除夕团圆饭前几天母亲收起来的一大包笋干，至今仍不见踪影，没人想得出来母亲究竟能把它藏到哪里。

母亲早已糊里糊涂，却仍日日惯性地勤快收拾，把东西搬来运去，家中物品经常因而消失。2023 年春节的糖果瓜子盒，除夕当天家人没留意时，母亲又把它收起了，家人只好一碗一碗地装着过年零嘴。碗较大，于是装得更多，家人也就更努力地过节放假啃零食。

这一年小年夜，哥和大嫂出门购物时，母亲的症状又突然浮现，打电话向大姊告状："你这个弟弟不老实，你爸爸都不会这样，你弟弟跟别的女人出去了。"挂上电话，母亲也一再对孙子叨念自己的儿子。孙子边笑边传信息给父母："奶奶又发作了，赶快把我的新妈妈带回来喔。"

母亲脑中时空混乱的频率愈来愈高，冷热饥饱的神经感受力愈见迟钝，经常忘了自己尚未洗澡，却坚持已洗过了不肯去洗；明明空腹已久，却坚持才刚用过餐而不肯饮食，直到血糖又出问题，家人连哄带骗地才肯吃点东西；寒流来袭依然穿得轻薄，手脚冰冷却不肯多穿保暖，直到量血压看见数字飙高才肯配合穿衣；偶尔还陷入困惑，思忖自己为何身在这里，从哪里来？甚至在日间打包物品，彬彬有礼地向大嫂致谢，表示自己打扰许久，要搭火车回大陆或回彰化娘家了，将父亲和自己的故乡融成一团说不清的乡愁记忆。

2023 年，母亲开始常在日间嚷着"要回家"。那样的念头出现时，母亲认不得大嫂，也认不得眼前的家，却又熟悉地游走在家中，搜集她挂念的物品，整理成大包小包的行李，准备"回家"。此时，大嫂就会在家人群组进行现场报道，母亲通常也心平气和地配合拍照，好让大嫂报道，偶尔还摆出微笑姿势。家人就会在群组里提供意见，像是："问她票买好了吗？""问她要回哪个家？""跟妈说，等我回去，买好票再跟她一起去搭火车。"七嘴八舌的，有忧心也有嬉闹，家人想方设法尽量让母亲不需跨出门就能解除一时执念。

偶尔，母亲的小孙子在大学里下课后，也会回家陪伴看顾奶奶。这时他便可能带着瞬间极度偏执的母亲骑上摩托车，拎着行囊出门兜兜风，晃一圈后再绕回家门前时，母亲就以为她刚出门玩回来了。时空转换的游戏，偶尔能起作用。

然而，经常围于当下记忆与情绪而不免伤身的母亲，并非完全不明白自己的困境。母亲对我说："我常想我刚才吃了吗，怎么连自己有没有吃饭都不晓得？我现在什么都记不得，只有靠肚子饿才知道自己有没有吃饭，就跟婴儿和动物一样！"

母亲的饿饱冷热神经敏感度下降，家人因此得更提高警觉，更有耐心想法子诱导母亲穿衣吃饭。

光是洗澡，母亲就有不少的记忆重组失误。母亲洗澡前，常在家人不注意时，跑去把热水器的温度转高。家人认为，那是因为母亲想到的是旧时的热水器，那种洗澡前才要打开点火的老旧款式。物换星移，母亲记得往昔洗澡前的那个必要动作，今日却成了把温度调得很高的危险动作。因此，母亲洗澡时，家人都得去检查热水器，以免她被烫伤。

曾有一回，母亲想洗澡时，突然在厨房里东翻西找，询问大嫂有没有看见一个很大、很大的锅子，令大嫂一头雾水。后来家人以为，母亲是在寻找子女幼年时她帮我们烧洗澡水的那口大锅子。

母亲的很多想法、动作、话语都饱富生命的痕迹，是记忆的重组，并非只是单纯的胡闹、找麻烦、无厘头、虚构记忆。

甚至，失忆也可能有诗意。就像 2023 年春节，母亲忘记染过发，以为黑发就这样莫名地长了出来，来我住处玩时，还对着电梯中的镜子自顾自地说着："我头上长了好多黑胡子。"母亲重复说着"头上长了胡子"，颇有幼童顾影自得之味，令我不禁笑出声，也对母亲语言记忆的联结闪失效果赞叹不已。母亲就和所有被判定失智症的老人一样，甚至和诸多认知受损的病人一样，他们也许表面上看不出明显伤病，但都存有隐性的认知功能障碍，需要家人的耐心理解、猜测和包容，好陪着失忆者一同走进脑筋急转弯和记忆捉迷藏的世界。

在那个认知迷宫里，有挫折哀伤，偶尔也不乏欢乐。

他们也需要社会的基本理解，被友善对待和协助，才能尽量地让他们在困惑时仍愿意走出家门，不至于因总是迎来他人的不耐烦甚至恐惧的眼神，而退回内向的封闭之中。

＊　＊　＊

这本与生病、康复和记忆有关的絮语书，横跨了五回春节。这是家人与母亲合力度过挑战与关系新生的五年，也是我从重病中毕业新生的五年。

如果书写是一种和解，那于我而言，最重要的应是我与某个深刻遗憾的和解。

在书中，虽然我也书写了自己，但令我思索最多的关注，其实是母亲。在母亲失智症初期最为混乱不安时，我却大多缺席陪伴，为此感到愧疚和遗憾。或许正因如此，即使我回顾自己的疾病康复历程，几乎也难离在母亲与自我之间顾盼流转。

母亲宛若一个映照自我的重要她者；而母亲与我的生命联结，又让她我之别的界限并不截然，允许我存有理解母亲感受的可能。

我和母亲都与自己的某种面向和记忆告别。我们仿佛都回到某个生活的原点，然后又从原点出发，带着新的心情和姿态，与自己和他人互动。

我们都因生病而经历了生命的减法。若换一个角度看"失去"，"去芜存菁"后，留下来的是对我们真正重要的或我们珍惜的。由此再往前走的生命之途，也许，并非生命的减法，而是在观点与认知改变后，重新体会生命的加法过程，思考"当下的我想要的是什么？为何重要？"的那种意义加法。

母亲常说出对自己感到懊恼的难受话，显然处境令她不开心；然而，家人却认为，病后的母亲变得比较轻松可爱。

如果没有特别负面的情绪发作，母亲的当下反应就是存在于她眼角和嘴角的那一抹笑容，那是真心诚意的开心才能流露出来的俏皮欢喜。

家人最致力于维护的，就是母亲的心情和笑容，更甚于母亲的各种检验指数。像是，母亲的糖尿病愈来愈不易控制。当母亲欢喜和家人在一起时，不让她吃特定食物，她的脸色会失望得立即塌下；让她自得其乐地吃，体重和血糖都会飙高。但家人借助药物的效果，尽可能地不约束母亲，让她开心吃。家人日日在心情和风险之间来回拿捏，经常交流讨论，谨慎留意但且看且走。好心情与生活质量就是家人对于母亲生活目标的共识。

在第一章中，我曾叩问："什么样的生命方法，有机会让母亲在解脱前得以超越煎熬，享受某种新生呢？"

行文至此，也许方法总结便是如此。全家都和母亲一起上船了，不让母亲在汪洋中独自迷航。

经历了风风雨雨、酸甜苦辣的各种艰难，家人和母亲仍继续走向不确定的前方，努力活在当下，珍惜彼此相伴的美好时刻。不论我是否确实探知母亲是否已然找到跨越的方法，但至少，母亲不再如同失智症初期那么无助与孤单了。

全家一齐携手度过边界，而不是在认知的渡口，只有母亲在那岸，我们在这岸。

不论是失忆或记忆，甚至生命本身，都仿佛一段认知旅程。

至于我，经历一场身心难关后，形塑了自己在生病之前与之后的不同追求和心态。我仍然肯定且感激以前的自己，并重拾乐于阅读架上书籍的意愿和热忱；但由于看见了旧有自己的不足，从生命的中场休整走出后，更加喜欢且持续感激现在的自己。珍惜心情和追求自在，就是我的新生活目标。

生活就是不停地选择、平衡、面对、放下与释然。

经历苦痛挣扎后的生命，不论这个苦痛是源于疾病或其他因素，还是因见证或参与他人的苦痛，也许都能从中体会到，在生老病死苦面前，过于强调对抗、勇敢、英雄化的生命经验和叙事，或欲英雄化苦痛的幸存者，不见得是有益之举。那样的心态和目标，容易让困顿取走我们的自我感受与平心静气。

因着母亲和我各自独行又并行的这段疾病历程，我最落地的体会是，生命最好的安排并非英雄化的高昂、并非对抗康健与病弱的黑白界线。

更可能的美好安排是，在尽力付出、珍惜、安顿、坚持、超越的正直良善中，接纳困顿与归零的时刻，学习对生命示弱，将克服苦痛与病弱的绝对企图，转化为体验探索和疗愈的意愿，或许方得放下的能力与安心自在。

写到这里时，正值 2023 年的元宵夜。一花一草报平安[1]，一字一句愿平安。

---

1 宋朝辛弃疾的词句，出自《木兰花慢》。此为作者注。

后

记

回忆的现在与未来

书写于我，仿佛尾大不掉的习惯。习惯得以维系，需要动念和因缘际会。

欢喜于新生活的我，原本并不想以书写回顾疾病流光。然而，我原有世界的朋友，似乎总能找到旧有的我的罩门，呼唤我重拾这个旧习惯。

朋友说，同时身为病人、家属及医疗人类学者的我，拥有特殊的观点，能够提供难得的疾病经验叙事与分析，可以陪伴病人和关心病人的亲友，也有助于一般人贴近、理解疾病处境。

"陪伴"和"理解"这几个字，打动了我。身历其境中，我深切明白它们的艰难与重要。

关于癌症，一般对它的认识即使较久，仍常见不必要的误解或夸张反应；关于常被称为失智症的阿尔茨海默病，一般的单向刻板反应，更令我有感。

现实中，如同癌症等重症一样，失智症也不是只有一种样貌、一个阶段、一类处境而已。

然而，经常从电视、广播、网络、书籍中见闻的失智症描述或家属反应，多让我感到难受。难受不只是因为能够理解那种处境的艰难，更是因为在见闻的描述中传递的"恐惧""惊讶""慌乱""嫌恶"等感受，仿佛"恐吓"高龄社会中人，"这个恐怖疾病就在你身边"。常见描述或报道者以拉高的语调、加重的语气、凸显的惊悚情节，传达几乎全为负面、极端的现象，有时甚至似是而非的信息。

每每见闻那样的言论或文字，都令我感到非常难过。"失智症"不仅又是一种令人误解、被贴上负面标签的常见疾病，更易让社会把经常饱受偏见的"老年"想得更为难堪。

诚然，"失智"绝非好事，如同所有的疫疾一样。但是，对于不少重大疫疾，世人也常能在不得已的病况中，看见另一种生命的体会与思考。

失智症，何尝不也应如此呢？只是，这样的思考，必须是由非失智症者，也就是失智症者身边的人，才能做得到。

就此而论，失智症真是一种攸关关系的特殊疾病。如果非失智症者能够不受限于惊悚的刻板印象，也许，失智症者便有机会超越只有刻板行为的反应。因着互动关系之别，同一种疫疾也可能让病人表现出不同的情绪和行为样貌。

这正是我书写此书最大的目的与感想。我确实在家人与母亲的良好互动中，看见母亲那些超越刻板印象的变化，以及家人自身的生命与关系更为圆熟。

所以，虽然母亲很辛苦，家人照顾母亲也很辛苦，我却不欲过度聚焦放大那样的时刻。我不愿摹写惊吓之语，也并非美化疾病历程。我只希望将母亲的晚年变化、母亲与家人在默默之中的冲突和调整，以及我在刻板印象的疾病之外看见的生命与关系熟成，把那些低吟美好的时刻记录下来，为母亲和家人留念，也与读者分享。

于是，终究，在拖泥带水、数度想投笔的心情中，慢慢地将母亲与我特殊交集的一段生命，一字一字地种下。我的慢耕是否开垦出一亩花田，留给读者判断，但至少，我收获了思索耕耘的平静与感念。

＊　＊　＊

我还能恢复活力并重振心思以书写，除了在文中一再提及感谢的家人和朋友外，从生病到康复过程中，最重要的协助者便是医师们。我在台大医院的血液肿瘤主治医师姚明医师是一路照顾的恩人，记得姚医师的上午门诊都提早一小时，八点就开始，但病人仍多到常近傍晚才看完，而姚医师始终对病人温和以待。他对病人的耐性与关注付出，令我点滴在心，我遇过姚医师的病人对他都感谢和赞叹有加。另外在不同关键时刻照顾我一段的主治医师，先要感谢胸腔外科的陈晋兴医师，我的身心能够安顿，便是从他开始，他和姚医师一样，对我的帮助无疑是恩同再造。陈医师造福的病人也是遍及台湾，仁心仁术令人感佩至极。放射肿瘤部的郭颂鑫医师，也是对病人极为友善温厚且幽默以待的好医师，这个部门每天要治疗照顾的各种癌症病人超过三百名，但郭医师竟然在我第一次报到糊涂迷路时，还能认出穿着病人服、戴着口罩和帽子的我，指点我下一步是要去哪一间。也许他已经习惯认得病人的方式，不靠脸而是整体，当然更需细心。是这三位好医生让我得以顺利完成治疗，走向康复。

还有其他的医师，在我的治疗和新生过程中都给予我温暖及时的专业或友情协助。衷心感谢彭芳谷医师、邓昭芳医师、李信谦医师、李冈远医师、周铭坤医师、吴佳璇医师、吴永灿医师、姚振文医师、陈麒方医师。陈禹成律师提供的协助，也铭记于心，在此一并致谢。

康复路上，遇见的贵人难以一一记下，但那些温暖时刻，已形成有意义的生命记忆。

这本书会写出来，也是诸多机缘的意外媒合。最关键的牵线人是郝明义先生，还有李清瑞总编辑和江灏主编。若非他们，纵使我有体力，也不易有后续发展。

老师和好友则是重要的啦啦队，他们一再鼓励并激发我的社会意识，不然我并不习惯书写自己。

在此之前，我只想过，甚至很渴望书写母亲的故事。只是，母亲生病初期我较少能见到她，所以我写不出纪实文字。曾经，我一度提笔撰写关于母亲的小说。但后来，我发现自己对母亲生命的认识着实不足，要写成我心目中的小说，更为困难。于是，写着写着，我的想法就如同用罄的笔墨一般，停格于稿子的某一页，搁下了。

就在这时，我遇见了郝先生和大块的高手们。

2021 年郝先生为制作《当台湾遇见疫情》的影片，邀我和他聊聊当时他为教宗方济各（Jorge Mario Bergoglio）出版的新书《让我们勇敢梦想：疫情危机中创造美好未来》（*Let Us Dream: The Path to a Better Future*）。之后，郝先生邀我撰写一本从我的眼光看见社会的书。

那段时间，我因应时事写就一些关于疫情的短文，之前也写过不少散文杂文，觉得实在没什么好再写的了，没有头绪便将此事放下。未料，郝先生盛情难却，李总编和江主编还陪我聊天。于是，尽管我肠枯思竭，也只好努力胡思乱想。在一阵乱枪打鸟中，我提及才起了个头的小说，关于母亲的。

意念启动，便是骨牌效应。在解释我对书写母亲的渴望时，难免连动引出我自己的生病历程。就这样，在不预期的交谈中定调的主题方向，就是关于母女同时罹患所谓世纪之症的共病岁月。我很意外，大块的高手们很意外，郝先生也很意外。那时是 2022 年 3 月初。

也许，他们没想过我真的会完稿。但话已出口，我只好硬着头皮着手写。该年七月，我先交出四章初稿给高手试读，确认了出版计划。

没想到，之后我就一路忙，写得断断续续、磕磕绊绊的，甚至几度想放弃。我本不习惯阅读自我耽溺的书籍，也依然觉得书写自己令我心虚，时常自问问人："我的自言自语，谁要看啊？"

写自己容易盲目，好在写母亲让我感觉实在些。我不知这本书是否提供了什么特别的想法，但应该至少分享了有助于病中之人和亲友认识疾患与病人的可能想法。

本书书名《病非如此》，则是由有罕见疾病的朋友建宏下的标题。建宏是肌肉萎缩症的重度障碍者，一生皆病亦全身是病。他调侃自己是生病的权威，却是朋友们最为依赖的电脑和诸多常识专家，他常笑话我们这些学界中人不知怎么生活的。其实，建宏有所不知的是，在他人眼里，我们才不知他是如何生活得那么精彩的。病了，并非一定如何。此书由他阅后建议命名，别具感触意义。

＊　＊　＊

想书写母亲的小说初衷，也许无能实现，但仍然影响了这本书的写法。之所以想写小说，正是因为我试图揣摩母亲究竟在想什么，我想知道她步入疾病之途的感受。

但现实是，我并不真切地知道。母亲口述表达的终究有限，但她经历的一定很多很多。所以，每一章之初，我便尝试以小说虚构的笔法写母亲和自己，尝试贴近母亲的心理。而我也只能借由自己的生病经验，企图去映照贴近母亲的经验。

我对自我疾病的回望，便成为我尝试理解母亲如何走这一遭的认识回顾。

似乎，这是生平第一次，我如此渴望理解母亲在想什么、经历了什么。遗憾的是，我这样的渴望是在母亲生病之后才浮现；唯幸的是，母亲还能自主活动表达，我还来得及些许把握住易逝的流光与回忆，还有机会将反思感受纳入与母亲的相处互动之中。

母亲和我，以及家人，在生命的变奏中，不断地尝试定锚记忆的时空。正处于混乱之中的母亲总想着自己在哪里，我们也想着母亲的心在哪里，想着我们能陪伴母亲游移到哪里，想着我自己的身心要安放在哪里。

母亲经常打包行李要"回家"，甚至可能在家人没留意时，自行出走。现实混沌，母亲脑海中的家却很清晰，指向她怀念的自我与温暖记忆。

家人常问母亲，"你要回去的是怎样的家？""家里有些什么人？"母亲的回答很稳定："那个家好舒服，脑袋不会像现在。""那个家里，有先生、小叔、两个媳妇、儿子女儿、一个老太太，还有一只狗。"母亲出走时，偶尔也带上一个旧枕头，说是要"给狗睡觉用"。母亲要回去的那个家，就是我们小时候的家，我出生时的家。

我也愿时光倒流。我仍留存最早对母亲的记忆，是我躺坐娃娃椅里，仰望母亲的脸，母亲的背景是被风吹动摇曳的树梢，母亲仿佛在对我说："树，摇啊摇啊。"那个记忆曾令我疑惑，我如何可能保留那么幼小时的记忆？

好久好久以前，我曾和母亲提起那个记忆，母亲说她确实常把我带去一棵树下，于是很讶异地对我说："你那么小，怎么会记得？"任凭记忆是虚是实，无论如何，那个温馨记忆已深植我心。

母亲的经历让我明白，有些记忆的意义是如此深刻，疾病也不一定能将之褪去。我便祈愿，一个小娃娃对于母亲的最初美好记忆，将是未来仍继续陪着我老去的记忆。

望 TAIN
MOUN⊐的山
登自

主　　编｜谭宇墨凡
特约策划｜卢安琪

营销总监｜张　延
营销编辑｜狄洋意　许芸茹　韩彤彤

版权联络｜rights@chihpub.com.cn
品牌合作｜tanyumofan@chihpub.com.cn

野 SPRIN
G
MOUN 望
TAIN

Room 216, 2nd Floor, Building 1, Yard 31,
Guangqu Road, Chaoyang, Beijing, China